VOCÊ MUDOU A MINHA VIDA

Abdel Sellou

VOCÊ MUDOU A MINHA VIDA

Prefácio de
Philippe Pozzo di Borgo

Com a colaboração de
Caroline Andrieu

Tradução de
Mauro Pinheiro

EDITORA RECORD
RIO DE JANEIRO • SÃO PAULO
2012

CIP-Brasil. Catalogação na fonte
Sindicato Nacional dos Editores de Livros, RJ.

Sellou, Abdel
S468v Você mudou a minha vida / Abdel Sellou; [coautora Caroline Andrieu; prefácio Philippe Pozzo di Borgo; tradução de Mauro Pinheiro]. – Rio de Janeiro: Record, 2012.

Tradução de: Tu as changé ma vie
ISBN 978-85-01-40084-0

1. Sellou, Abdel. 2. Homens – Argélia – Biografia. I. Andrieu, Caroline. II. Título.

12-4700 CDD: 920.71
CDU: 929-055.1

TÍTULO ORIGINAL:
Tu as changé ma vie

Texto revisado segundo o novo Acordo Ortográfico da Língua Portuguesa.

Editoração eletrônica: Abreu's System

Direitos exclusivos de publicação em língua portuguesa somente para o Brasil adquiridos pela
EDITORA RECORD LTDA.
Rua Argentina 171 – Rio de Janeiro, RJ – 20921-380 – Tel.: 2585-2000
que se reserva a propriedade literária desta tradução.

Impresso no Brasil

ISBN 978-85-01-40084-0

EDITORA AFILIADA

Seja um leitor preferencial Record.
Cadastre-se e receba informações sobre nossos lançamentos e nossas promoções.

Atendimento e venda direta ao leitor:
mdireto@record.com.br ou (21) 2585-2002.

Para Philippe Pozzo di Borgo,
Para Amal,
E para meus filhos, que encontrarão o próprio caminho.

Sumário

Prefácio

Quando Éric Tolédano e Olivier Nakache, durante a elaboração do filme *Intocáveis*, quiseram entrevistar Abdel, ele lhes respondeu: "Falem com Pozzo, eu confio nele." Quando eu mesmo redigi a nova edição de *O segundo suspiro*, acrescido de *O diabo guardião*, lhe pedi para me ajudar a lembrar de algumas aventuras, e ele também se recusou. Abdel não fala de si mesmo. Ele age.

Com uma energia incrível, generoso e impertinente, ele esteve ao meu lado durante dez anos. Ele me apoiou em cada etapa dolorosa da minha existência: inicialmente, me ajudou a cuidar da minha esposa, Béatrice, em estágio terminal, depois me fez sair da depressão que veio após a morte dela e, finalmente, me devolveu o gosto pela vida...

Ao longo desses dez anos, descobrimos vários pontos em comum: não desejávamos voltar ao passado, não fazíamos projetos para o futuro e, acima de tudo, tínhamos vontade de viver, ou sobreviver, no presente. O sofrimento que me consumia subtraía minha memória. Abdel não queria voltar a falar sobre a juventude, que acredito que tenha sido turbulenta. Estávamos os dois desprovidos de lembranças. Durante todo esse tempo, só descobri alguns fragmentos de sua história que ele aceitou me revelar. Sempre respeitei essa decisão. Em pouco tempo, ele começou a fazer parte da família, mas nunca conheci os pais dele.

Em 2003, após o sucesso de seu programa *Vie privée, vie publique*, em que a dupla Abdel-Pozzo destoou pelo inconformismo, Mireille Dumas resolveu fazer um documentário de menos de uma hora sobre nossa aventura: *À la vie, à la mort*. Dois jornalistas nos acompanharam durante várias semanas. Abdel logo deixou claro que interrogar as pessoas que conheciam seu passado estava fora de questão... Eles não respeitaram essas instruções e suscitaram nele uma ira tenebrosa... Abdel não só não queria falar de si mesmo, como também não queria que falassem dele!

Ao que parece, tudo isso mudou no ano passado. Foi uma surpresa vê-lo respondendo com toda franqueza às perguntas de Mathieu Vadepied, diretor artístico que produziu a faixa bônus do DVD *Intocáveis*! Ao longo dos três dias que passamos juntos em minha casa de Essaouira, no Marrocos, descobri mais coisas sobre Abdel do que em 15 anos de amizade. Ele se sentia maduro para contar sobre o passado, durante e depois de nosso encontro.

Foi um longo caminho percorrido entre o silêncio de vinte anos e o prazer de contar suas travessuras, partilhando suas reflexões! Abdel, você sempre me surpreenderá... Que felicidade ler *Você mudou a minha vida*. Reencontro aqui seu humor, seu senso de provocação, sua sede de viver, sua delicadeza e, agora, sua sabedoria.

Quer dizer então que, segundo o título do seu livro, eu teria mudado sua vida... De qualquer maneira, o que tenho certeza é de que ele mudou a minha. Repito: ele cuidou de mim depois da morte de Béatrice e me devolveu o gosto pela vida com alegria e uma rara inteligência do coração.

E então, um dia, ele me levou ao Marrocos... Lá, conheceu sua esposa, Amal, e eu encontrei minha atual companheira, Khadija. Desde então, nós nos vemos regularmente, acompanhados dos nossos filhos. Os "intocáveis" se tornaram os "titios".

PHILIPPE POZZO DI BORGO

Corri até perder o fôlego. Na época, eu estava em boa forma. A perseguição começou na rue de la Grande-Truanderie*, parece mentira. Eu e dois camaradas tínhamos acabado de roubar o walkman de um burguesinho, um Sony dos mais banais, até meio velho, modelo já ultrapassado. Eu queria explicar ao moleque que, no fundo, estávamos lhe fazendo um favor, pois assim que ele chegasse em casa, seu papai se apressaria em comprar um novo, ainda mais moderno, mais fácil de usar, com som melhor e maior autonomia da bateria... Mas não deu tempo.

— Olha a polícia! — berrou uma voz.

— Não se mexam! — gritou outra.

A gente deu no pé.

---

* *Truanderie*: vadiagem, em francês. (*N. do T.*)

Na rue Pierre-Lescot, ziguezagueei entre os pedestres com uma habilidade formidável. Na maior e verdadeira classe. Parecia até o Cary Grant em *Intriga internacional*. Ou como aquele bichinho da canção infantil muito conhecida na França, numa versão maior: ele passou por aqui, talvez não passe por lá... Entrando à direita, na rue Berger, pensei em me embrenhar por les Halles. Péssima escolha; havia gente demais no acesso pelas escadas. Entrei à esquerda sem piscar, na rue des Bourdonnais. A chuva havia deixado a calçada escorregadia, e eu não sabia quem, os guardas ou eu, calçava os sapatos mais adequados para o chão molhado. Os meus não me decepcionaram. Eu era o Speedy Gonzales galopando velozmente, perseguido por dois gatos Frajolas loucos para me devorar. Eu até esperava que o episódio terminasse como no desenho animado. Quando cheguei ao quai de la Mégisserie, alcancei um dos meus camaradas, que partira um segundo na minha frente e era melhor velocista. Chispei atrás dele pela Pont-Neuf, a distância entre nós diminuía. Os policiais gritavam lá atrás, talvez já começassem a se cansar. Normal, éramos nós os heróis... Verdade que eu não me arrisquei olhando para trás para ter certeza.

Eu corria no limite do meu fôlego, que parecia bem perto do fim. Já estava exausto e custava a crer que pudesse seguir naquele ritmo até Denfert-Rochereau. Para encurtar a história, pulei o parapeito da ponte, que protege os pedestres de cair no rio. Eu sabia que, do outro lado, podia me apoiar numa saliência de uns 50 centímetros de largura. Cinquenta centímetros bastavam para mim. Eu era esbelto nessa época. Ao me agachar, olhei para a água barrenta do Sena seguindo na direção da pont des Arts com uma velocidade torrencial. Já podia ouvir as galochas dos guardas no asfalto, cada vez mais forte. Prendi a respiração esperando que o barulho que faziam, depois que chegassem no limite, continuaria diminuindo. Totalmente inconsciente do perigo, não tive medo de cair. Ignorava onde estavam meus amigos, mas tinha confiança de que também achariam rapidamente um esconderijo seguro. Os policiais passaram como uma galinhada, e eu murmurei *có-có-ricó* dentro da gola do meu casaco, achando graça. Uma barca surgiu sob meus pés e quase caí com o susto. Fiquei ali algum tempo, até recuperar o fôlego. Estava com sede, uma Coca cairia superbem.

Eu não era herói. Já sabia que não era, mas tinha 15 anos e vivia como um animal selvagem. Nessa época, se fosse preciso que eu falasse sobre mim, me definisse com frases, adjetivos, epítetos e toda a gramática que me enchia o saco na escola, eu ia ficar bem embaraçado. Não porque eu não soubesse me expressar, sempre fui bom em provas orais, mas porque eu teria que parar para pensar. Precisaria me olhar num espelho, ficar calado por um instante — o que ainda é difícil para mim hoje em dia, com 40 anos — e deixar as coisas acontecerem. Uma ideia, um julgamento que fizesse a mim mesmo, se fosse honesto, poderia ser incômodo. Por que me obrigaria a uma tarefa assim? Ninguém me pedia isso, nem em casa, nem na escola. Aliás, eu tinha um faro infalível para os pontos de interrogação. Se passasse pela cabeça de alguém me fazer qualquer pergunta, eu caía fora sem pensar duas vezes. Quando adolescente, corria muito rápido; minhas pernas eram boas, e havia as melhores razões para correr.

Todos os dias eu estava na rua. Todos os dias eu dava à polícia uma nova razão para me perseguir. Todos os dias eu exercitava minha velocidade de um bairro ao outro da capital, esse extraordinário parque de diversões em que tudo era permitido. O objetivo do jogo: pegar tudo sem se deixar pegar. Eu não precisava de nada. Queria tudo. A vida era uma loja gigantesca em que todo objeto de tentação era gratuito. Se havia regras, eu as ignorava. Ninguém se dera ao trabalho de me explicar, quando eu ainda era sossegado, nunca dei a ninguém o prazer de remendar essa falha na minha educação. E isso era bem conveniente.

Um dia, em outubro de 1997, fui atropelado por um caminhão de reboque. Fratura na bacia, a perna esquerda em pedaços, cirurgia séria e várias semanas de fisioterapia em Garches. Parei de correr, comecei a engordar um pouco. Três anos antes desse acidente, conheci um homem imóvel numa cadeira de rodas devido a um acidente com um parapente, Philippe Pozzo di Borgo. Durante algum tempo, ficamos iguais. Inválidos. Quando criança, essa palavra só me lembrava de uma estação do metrô, uma esplanada larga o bastante para aplicar meus golpes na moita, espreitando os uniformizados, um imenso espaço para brincar. Mas eu teria que parar com tudo isso por algum tempo, ao passo que Pozzo, tetraplégico, amarga sua pena perpétua. Ano passado, viramos heróis de um filme fenomenal, *Intocáveis*. E, de repente, todo mundo quer nos tocar! O fato é que até eu sou um cara bacana nessa história. Meus dentes são muito bem-alinhados, o sorriso constante e espontâneo, eu cuido corajosamente do cara na cadeira de rodas. Danço como um deus. Tudo aquilo que fazem os dois personagens do filme, as perseguições em um carro de luxo pela via periférica, o voo de parapente, as noitadas nas ruas de Paris, Pozzo e eu realmente vivemos. Mas isso não representa nem dois por cento de tudo que aprontamos juntos. Fiz pouco por ele, menos do que ele fez por mim. Eu o empurrei, o acompanhei, aliviei suas dores o quanto foi possível, estive presente.

Eu nunca havia acompanhado um homem tão rico. Ele vinha de uma longa linhagem de aristocratas e, além disso, tinha vencido na vida também: inúmeros diplomas, presidente da fábrica de champanhe Pommery. Eu me aproveitei dele. Ele mudou a minha vida, eu não mudei a dele, ou, se mudei, foi pouquíssimo. O filme embelezou a realidade para fazer as pessoas sonharem.

*
* *

É melhor ir logo avisando que eu não me pareço muito com o personagem do cinema. Sou baixinho, árabe, não muito afetuoso. Fiz um bocado de coisas feias na vida e não procuro desculpas para justificar meus atos. Mas hoje posso contá-los: já prescreveram. Eu não tenho nada a ver com os Intocáveis, os verdadeiros, aqueles indianos que sabem que serão miseráveis para sempre. Se eu faço parte de uma casta, é a dos incontroláveis, da qual sou o líder incontestável. Isso se deve à minha natureza independente, avessa à toda disciplina, à ordem estabelecida e à moral. Não procuro desculpas e tampouco me vanglorio. Principalmente porque as pessoas podem mudar. A prova...

Outro dia, caminhando pela Pont-Neuf, o clima era mais ou menos o mesmo do dia da perseguição dos dois policiais, quando eu era garoto. Uma garoa desagradável, perfurante, caía sobre meu crânio nu e um vento frio penetrava a minha jaqueta. Eu achei magnífica aquela ponte em duas partes que liga a ilê de la Cité às duas margens de Paris. Fiquei impressionado com as dimensões, a largura, quase 30 metros, as calçadas amplas com sacadas voltadas para o Sena, a fim de permitir aos passantes admirar o panorama... Sem risco. Era preciso ter pensado! Eu me inclinei sobre o parapeito. O rio atravessava Paris feito um cavalo a galope. Ele estava da cor de um céu chuvoso e parecia pronto a engolir tudo. Quando criança, eu ignorava que até um excelente nadador dificilmente escaparia de suas garras. Ignorava que bons franceses, dez anos antes do meu nascimento, tinham atirado em suas águas dezenas de argelinos. Eles, no entanto, sabiam muito bem que o rio era perigoso.

Observei o rebordo de pedra sobre o qual me escondera para fugir dos guardas, minha antiga audácia me fez estremecer. Pensei que, hoje, eu nunca ousaria cruzar aquele parapeito. E pensei, sobretudo, que não tenho mais razões para me esconder, nem para fugir.

– I –

Liberdade não vigiada

– 1 –

Não me recordo da cidade de Argel, onde nasci. Esqueci completamente seus perfumes, suas cores, seus ruídos. Só sei que, quando cheguei a Paris, em 1975, aos 4 anos, não me senti nem um pouco desorientado. Meus pais me disseram:

— Este é seu tio Belkacem. Esta é a tia Amina. Você é filho deles agora. Vai ficar aqui.

Na cozinha do pequeno quarto e sala, o cheiro era de cuscuz e temperos como os lá de casa. Simplesmente ficávamos mais apertados, ainda mais porque meu irmão, um ano mais velho que eu, também estava incluído no pacote. A irmã mais velha ficou na nossa terra. Uma filha é muito útil para cedê-la assim. Ela vai ajudar mamãe a cuidar dos outros dois filhos, nascidos depois de mim. Dessa forma, sobrariam três pirralhos para os Sellou de Argel, e já era o bastante.

Vida nova e primeira novidade: mamãe não é mais mamãe. Não posso mais chamá-la assim. Nem é bom pensar nisso. Mamãe, agora, é Amina. Ela está tão feliz por ter dois filhos, assim de repente, ela já estava desesperada, pois há muito tempo sua cama não gerava frutos. Ela afaga nossos cabelos, nos põe no colo, nos beija as pontas dos dedos, jura que não há de nos faltar amor. Só que amor a gente nem sabe o que é. Sempre tivemos um teto, comida e cuidados, e fomos embalados nas noites de febre, não há dúvida, mas não havia do que se gabar, era tudo natural. Resolvo que tudo continuará igual aqui.

Segunda novidade: Argel não existe mais. Agora vivemos em Paris, boulevard Saint-Michel, no coração da capital francesa, sim senhor, e aqui, assim como lá, podemos sair para brincar. Parece que faz mais frio lá embaixo. Que cheiro é esse? Será que o sol esmaga a calçada como esmagava o asfalto da minha cidade natal? Será que os carros buzinam com o mesmo entusiasmo? Com meu irmão a tiracolo, vou ver isso. Só noto uma coisa na pracinha ridiculamente pequena da abadia de Cluny: as outras crianças não falam como nós. Meu irmão, esse desajeitado, fica grudado em mim, como se tivesse medo deles. O tio, o novo pai, nos tranquiliza em nossa língua materna. Logo aprenderemos francês na escola. Nossas pastas de estudantes, com o material escolar, estão prontas.

— Amanhã, meninos, vocês acordarão cedo. Mas, não é uma razão para ir dormir com as galinhas. Aqui em casa, as galinhas não dormem!

— Aqui em casa, tio? Mas onde é nossa casa? Na Argélia? É na Argélia que as galinhas não dormem, não é, tio?

— De qualquer maneira, elas vão dormir mais tarde do que as galinhas na França.

— Mas nós somos o que, agora, tio? Onde é nossa casa?

— Vocês são pintinhos da Argélia vivendo numa fazenda francesa!

Terceira novidade: cresceremos daqui em diante num país do qual aprenderemos a língua, mas continuamos e continuaremos sendo aquilo que somos desde nossa primeira mamada. Tudo isso é um pouco complicado para crianças, e já começo a recusar todo esforço intelectual. Meu irmão põe a cabeça entre as mãos, se enrosca ainda mais atrás de mim. Caramba, como ele me irrita... Pessoalmente, não sei com que se parece uma escola francesa, mas logo adoto a crença que cultivei durante anos: a gente vai saber quando chegar lá.

Eu estava longe de imaginar, na época, a bagunça que eu faria no galinheiro. Entretanto, não estava mal-intencionado. Não existia criança mais inocente do que eu. É bem simples: se eu não fosse muçulmano, haveria uma auréola sobre minha cabeça.

O ano era 1975. Os carros que desfilavam pelo boulevard Saint-Michel se chamavam Renault Alpine, Peugeot 304, Citroën dois cavalos. Os R12 já pareciam bregas. Se fosse para escolher, eu teria preferido um 4L, que, pelo menos, era despretensioso. Uma criança podia atravessar a rua sozinha, sem que um guarda da brigada de menores o colocasse de imediato sob a proteção da justiça. A cidade, o exterior, a liberdade não eram considerados perigosos. De vez em quando, a gente passava por uma pessoa embriagada de álcool e cansaço, mas acreditávamos que ela havia escolhido sua condição de mendigo e a deixávamos em paz. Ninguém se atormentava com o menor sentimento de culpa. Até os menos ricos lhe ofereciam facilmente algumas moedas.

Na sala do apartamento, que servia também como quarto dos pais, depois de nossa chegada, eu e meu irmão tomávamos conta do lugar, paxás em calças boca de sino e camisas de golas pontudas. Na televisão em preto e branco, um homenzinho careca e fracote se irritava porque não conseguia pegar o Fantomas. Outras vezes, ele dançava na rue des Rosiers, se fazendo passar por rabino. O que era um rabino e qual era a graça da situação eu ignorava completamente, mas ainda assim saboreava o espetáculo. Os dois adultos observavam os dois novos filhos rindo ruidosamente. Isso lhes dava muito mais alegria do que as piadas e as caretas de Louis de Funès. Na mesma época, Jean-Paul Belmondo corria sobre os telhados em seu terno branco, ele se achava "magnífico", e eu achava que ele estava por fora. Admirava muito mais Sean Connery com seu suéter de gola rulê cinza. Ele, ao menos, nunca ficava despenteado e tirava dos bolsos objetos incríveis, que sempre funcionavam perfeitamente e com uma discrição exemplar. Classe mesmo tinha James Bond, e ela vinha da Inglaterra. Estendido sobre o sofá oriental, eu me deliciava a cada instante, sem me preocupar com o que vinha pela frente, e sem jamais pensar no passado. A vida era simples como um belo dia.

Em Paris, como em Argel, meu nome ficou o mesmo: Abdel Yamine. A raiz "abd", em árabe, significa "venerar", "el", é "o". Venerar o Yamine. Eu chupava as tâmaras, Amina catava os caroços.

– 2 –

Entregar os filhos a um irmão ou irmã que não os tem era — e ainda é — uma prática quase comum nas culturas africanas, negras ou magrebinas. Nessas famílias, nascemos de um pai e de uma mãe, é claro, mas nos tornamos facilmente o filho de toda a família, e essa é bem numerosa. Quando se decide pela doação de um filho ou de uma filha, não é comum perguntar se ele ou ela sofrerá com isso. Tanto para a criança como para o adulto, trocar de pais parece algo simples, natural. Não há motivo para discussão, não adianta choramingar. Os africanos rompem o cordão mais cedo do que os europeus. Assim que aprendemos a andar, seguimos o rastro de um irmão mais velho para ver o que acontece por aí. Não perdemos tempo agarrados à saia da mãe. E, se ela quiser, adotamos outra.

Devia certamente haver uma ou duas camisetas em nossa mochila, mas o manual de instruções não veio junto. Como se educam as crianças, como lhes falar, o que lhes permitir e o que lhes proibir?

Belkacem e Amina não tinham a menor ideia. Eles então tentaram imitar as outras famílias parisienses. O que elas faziam domingo à tarde nos anos 1970 e, aliás, o que fazem ainda hoje? Passeiam no jardin des Tuileries. Aos 5 anos, então, eu atravessei a pont des Arts para alcançar a beira de um lago de águas turbulentas. Algumas carpas viviam ali miseravelmente, naquele charco de meio metro de profundidade, e eu as via subindo à superfície, abrindo a boca para aspirar um pouco de ar e logo voltando para um novo passeio embaixo d'água. Alugávamos um pequeno veleiro de madeira que eu empurrava para o centro com um galho. Carregado pelo movimento, e, se o vento soprasse na direção certa, o barco podia alcançar a outra margem em poucos segundos. Eu saía correndo até o ponto previsto de chegada, manobrava a proa do navio e o lançava novamente com entusiasmo. De vez em quando, eu levantava o rosto e me espantava. Havia um arco de pedra gigantesco sobre a entrada do jardim.

— Que negócio é esse, papai?

— Eh... Uma porta antiga.

Uma porta que não servia a nada, já que não havia nenhum muro nem cerca nos lados. Para além do jardim, eu via edifícios imensos.

— Papai, o que é aquilo?

— O Louvre, meu filho.

O Louvre, isso não me esclarecia nada. Eu me dizia que certamente era preciso ser bem rico para morar numa casa tão vasta e tão bela, com janelas tão grandes e estátuas nas fachadas. O jardim era tão grande quanto todos os estádios da África juntos. Dispersos pelas alamedas e pelo gramado, dezenas de homens petrificados nos olhavam do alto de seus pedestais. Vestiam-se com capas e tinham os cabelos longos e cacheados. Eu me perguntava há quanto tempo estariam ali. Depois, retomava minhas atividades. Por falta de vento, meu barco ficava parado entre as margens. Eu precisava então convencer os outros marujos a organizar uma frota e lançá-la de tal modo que criasse uma corrente e libertasse meu barco. Às vezes, Belkacem acabava suspendendo as calças para ir soltá-lo.

Nos dias de tempo realmente bom, Amina preparava um piquenique e nós íamos almoçar no gramado do Champ-de-Mars. À tarde, os pais se deitavam sobre uma coberta. As crianças não tardavam a se agrupar para jogar bola. Eu carecia de vocabulário, no começo, e procurava não atrair as atenções. Eu era gentil e comportado. Aparentemente, não havia diferença alguma em relação aos pequenos franceses de bermuda de veludo e suspensórios. Ao fim da tarde, como eles, nós voltávamos bem cansados. Mas eu e meu irmão podíamos assistir aos famosos filmes de domingo à noite. Os faroestes nos mantinham acordados mais facilmente do que os outros, mas raramente aguentávamos até o final. Belkacem nos levava um de cada vez até nossa cama. Para o amor e a dedicação não é necessário um manual de instruções.

Em Argel, meu pai saía para o trabalho vestido com uma calça de brim e um paletó. Ele usava camisa de mangas curtas e gravata, e todas as noites engraxava os sapatos de couro. Eu imaginava que ele exercia uma atividade intelectual na qual se sujava pouco, mas não sabia qual. Eu não fazia perguntas: no fundo, não dava a mínima para a profissão dele. Em Paris, todas as manhãs meu pai vestia um macacão azul e cobria sua careca com um boné grosso. Operário eletricista, ele nunca conheceu o desemprego. Sempre tinha o que fazer, sentia-se cansado com frequência, mas não se queixava, continuava no batente. Em Argel, como em Paris, mamãe ficava em casa para cuidar da cozinha, da arrumação e, teoricamente, das crianças. Mas neste terreno, não tendo jamais posto o pé dentro de um lar tipicamente francês, Amina tinha dificuldades para imitar quem quer que fosse. Ela então resolveu fazer como em seu país de origem: nos preparava ótimas refeições e deixava a porta aberta. Eu não pedia autorização para sair e ela não pensaria em exigir satisfações. Na casa dos árabes, a liberdade sem vigilância é concedida sem restrição.

– 3 –

No meu novo bairro, há uma estátua. Exatamente a mesma de Nova York — eu vi na televisão. Bem, ela é um pouco menor, talvez, mas eu tenho 6 anos, sou minúsculo, e ela me parece imensa de qualquer forma. É uma mulher em pé, coberta com um manto bem simples, erguendo uma chama ao céu e usando uma estranha coroa de espinhos sobre a cabeça. Agora, estou morando num conjunto habitacional do 15º *arrondissement*. Saímos do exíguo apartamento da parte velha de Paris, que me chateava, e agora somos cidadãos da Beaugrenelle, um bairro novinho, espetado de torres, como na América! Os Sellou conseguiram um apartamento no primeiro andar de um imóvel de sete, sem elevador e feito de tijolos vermelhos. Vive-se aqui como em qualquer conjunto residencial popular de Saint-Denis, de Montfermeil ou de Créteil. Exceto que temos vista para a torre Eiffel. Aliás, eu me considero um cara do subúrbio.

Embaixo dos prédios, construíram para nós um imenso centro comercial, com tudo o que se pode imaginar no interior, era apenas entrar e se servir. Acho que não poderia dizer melhor, todos parecem se desdobrar para facilitar minha vida.

No caixa do supermercado Prisunic, ao alcance da minha mãozinha, estão pequenas embalagens de plástico. E, bem ao lado, estantes com todo tipo de objetos e guloseimas. Eu adoro as embalagens de balas Pez, na forma de isqueiros com um bichinho na tampa: apertando a cabeça, a bala aparece e é só colocá-la na boca. Rapidamente, eu consigo juntar uma tremenda coleção. À noite, ponho na ordem os personagens dos meus desenhos animados preferidos. Meu irmão, esse estraga-prazeres, me pergunta.

— Onde você conseguiu o porta-bala dos Irmãos Metralha, Abdel Yamine?

— Me deram.

— Não acredito.

— Cala a boca ou vai levar um tapa.

Ele obedece.

Eu também gosto de navios, submarinos e miniaturas de automóveis, para a hora do banho. Basta girar uma pequena manivela lateral e um mecanismo é acionado, fazendo-os funcionar. Várias vezes enchi sacos inteiros com eles. Primeiro, eu entro na loja, como toda essa gente que vai fazer compras, abro uma embalagem, escolho o que prefiro sobre o balcão, pego o que quero e vou embora. Um dia, me informam que eu pulei uma etapa. Devia ter passado no caixa, segundo o gerente da loja.

— Você tem dinheiro?

— Dinheiro para quê?

— Para pagar o que você acabou de pegar!

— O que eu peguei? Isso? Isso custa dinheiro? E como eu poderia saber? E me larga, está machucando o meu braço!

— Onde está sua mãe?

— Não sei, deve estar em casa.

— E onde fica sua casa?

— Não sei. Em algum lugar.

— Muito bem. Já que você vai ficar de teimosia, vamos ao posto.

Aí, francamente, não entendi mais nada. O posto, isso eu sei o que é. Já fui lá várias vezes com Amina. A gente compra selos ou então entra numa cabine telefônica e ela liga para as primas na Argélia. O que isso tem a ver com as balinhas Pez? Ah, entendi a jogada! No posto, podemos também retirar dinheiro. É só entregar um papel no guichê, com números e uma assinatura e, em troca, a moça apanha as notas de 100 francos dentro de um pequeno cofre. Encaro o gerente da loja, que me segura a mão com firmeza, e eu detesto isso.

— Senhor, não adianta nada ir ao posto. Não posso pagar, eu não tenho o papel!

Ele me olha com uma expressão estúpida, parece não entender coisa alguma.

— Do que você está falando? Os policiais vão resolver esse problema, não se preocupe!

Esse cara deve estar no último grau de imbecilidade. Não tem policiais no posto, e, mesmo se acharmos um, não creio que ele pagaria pelas minhas balas...

Entramos numa sala toda cinzenta. Não é este o posto dos correios que conheço. Ali, as pessoas estão sentadas num banco contra a parede, um homem de uniforme azul-escuro nos observa de sua mesa. O gerente não dá bom-dia. Ele vai direto ao assunto.

— Senhor policial, trago aqui um ladrãozinho que peguei em flagrante delito na minha loja!

Em flagrante delito... Esse cara deve ter visto muitos episódios da série *Columbo* na TV... Eu faço beiço e inclino a cabeça para o lado: tento assumir a aparência de Calimero, quando se prepara para dizer sua frase típica: "Isso num é zusto. Isso é realmente muito inzusto!" O gerente recomeça, entregando a prova do crime ao policial da recepção.

— Olhe! Um saco cheio! E aposto que não é a primeira vez!

O policial o devolve.

— Tudo bem. Deixe o menino aqui. Vamos cuidar dele.

— Ah, mas cuidado, hein? Faço questão que ele seja punido! Que lhe sirva de lição! Não quero mais vê-lo dentro da minha loja!

— Acabei de dizer que vamos cuidar disso, senhor.

Finalmente, ele se vai. Eu fico ali, em pé, imóvel. Não faço mais minha cara de pobre vítima de uma gritante injustiça. Na verdade, acabo de me dar conta de que não estou com um pingo de medo do que pode me acontecer. Não é que não esteja com medo: simplesmente não sei o que deveria temer! Já que aquelas embalagens estavam lá, bem à minha altura, e as balas também, ao alcance das minhas mãos, era de se esperar que eu me servisse, não?

Agi de boa-fé, pensei que estavam lá para isso, os Carambar, os moranguinhos Tagada, os porta-balas Pez do Mickey, Goldorak, Albator...

O policial mal me dá atenção. Depois, me leva a uma sala onde me apresenta a dois colegas.

— O gerente do Prisunic o pegou se servindo nas prateleiras.

Reajo imediatamente.

— Nas prateleiras, não! Só ao lado do caixa, onde ficam as balas!

Os dois outros sorriem, enternecidos. Na hora, eu não me dou conta, mas nunca mais encontrarei expressões tão cordiais naquela corporação.

— Você gosta de balas?

— Claro que gosto.

— Claro... Então vai dizer aos seus pais para comprar daqui para a frente, ok?

— Ok...

— Você sabe voltar para casa sozinho?

Faço que sim com a cabeça.

— Muito bem, então cai fora.

Quando já estou atravessando a porta, eu os ouço zombando do gerente.

— O que ele queria? Que a gente jogasse o moleque dentro de uma cela?

Sou o melhor. Consegui enfiar três ursinhos de marshmallow com cobertura de chocolate nos meus bolsos. Espero chegar na esquina para provar o primeiro. Ainda estou com a boca cheia quando chego à porta do meu prédio.

Cruzo com meu irmão, que volta das compras com a mamãe. Ele desconfia imediatamente.

— O que você está comendo?

— Um ursinho.

— E como você conseguiu?

— Me deram.

— Não acredito.

Sorrio para ele mostrando todos os meus dentes. Sujos de chocolate, claro.

– 4 –

Os franceses crescem com uma coleira no pescoço. Isso tranquiliza os pais. Eles controlam a situação. Quer dizer... É o que eles acham. Eu os via chegando à escola de manhã. Traziam a prole pelas mãos, caminhavam até o portão da escola, desejando-lhes um bom dia como uns patetas.

— Estuda direitinho, meu querido. Comporte-se bem!

Pensavam que assim dariam a seus filhos força suficiente para a luta na selva impiedosa do pátio, onde eles mesmos tinham feito bagunça trinta anos antes. Mas isso só servia para fragilizá-los.

Para saber lutar, é preciso ter passado por algumas experiências. Nunca é cedo demais.

Eu era o mais baixo, não o mais forte, mas sempre atacava primeiro. Eu ganhava todas.

— Me passa suas bolinhas de gude.

— Não, são minhas.
— Passa logo, estou mandando.
— Não, não quero!
— Tem certeza?
— Está bem, está bem, fica com elas...

As aulas não me interessavam porque nos tomavam realmente por palhaços. Venerar o Yamine, como eu disse. Então, eu não ia passar por ridículo diante da classe, recitando a história do boi e do sapo? Isso era bom para os branquelos.

— Abdel Yamine, você não decorou a poesia?

— Que poesia?

— A fábula de Jean de La Fontaine que você deveria ter preparado para hoje.

— Jean de La Fontaine? E por que não o *Manon de Sources*?*

— Muito bem, vejo que o senhor conhece Marcel Pagnol!

— Eu prefiro o teatro de Guignol.

— Abdel, fora da sala...

Eu adorava ser posto para fora. Essa punição, a mais humilhante de todas, segundo o professor, me oferecia excelente oportunidade para fazer minha feira. Ou o arquiteto das escolas parisienses não havia previsto que um pequeno e vil Abdel estudaria ali um dia, ou ele decidiu facilitar meu

* *Fontaine e source*, em francês, significam a mesma coisa: fonte. (*N. do T.*)

trabalho: os casacos ficavam pendurados fora das salas de aula, nos corredores! E nos bolsos deles, o que achamos? Um franco, às vezes 2, ou 5 nos melhores dias, um ioiô, biscoitos, balas! Portanto, ser expulso de sala era uma sorte...

Eu imaginava os garotos, no final do dia, choramingando ao voltar para casa.

— Mamãe, meu dinheiro sumiu.

— Pronto, mais uma vez você não tomou cuidado com as suas coisas. Não te darei mais dinheiro, está entendendo?

Papo-furado. Depois lhes davam mais dinheiro e a coleta do *petit* Abdel continuava excelente...

No dia em que completei 10 anos, quando o professor me mandou para o corredor como presente de aniversário, encontrei um pedaço de papel que valia ouro. Estava bem escondido dentro do revestimento do bolso do casaco de uma menina, junto a um lenço branco e cor-de-rosa. Ao tato, me pareceu mais espesso do que uma cédula, maior do que uma entrada de cinema, mas custei a adivinhar o que era aquilo. Consegui puxá-lo para fora. Era uma foto da dona do casaco, mas não era um simples retrato. Chamam isso de plano americano: da cabeça até a cintura. E a menina estava nua.

Admito: se eu era precoce para roubar, para outras coisas não era nem um pouco. Mesmo assim, logo vi as vantagens que poderia tirar daquele achado.

— Vanessa, minha pequena Vanessa, tenho algo que te pertence, eu acho... — Fingindo beliscar as pontas dos meus seios. — Parece que estão crescendo.

— Abdel, me devolva essa foto imediatamente.

— Ah, não, é muito bonita, vou ficar com ela.

— É melhor me devolver, senão...

— Senão o quê? Vai contar para o diretor? Tenho certeza de que ele também vai gostar de ver.

— O que você quer?

— Cinco francos.

— Tudo bem. Trago amanhã.

Nossa transação se estendeu por mais alguns dias. Cinco francos não era um bom preço: eu quis mais e mais. Era um jogo, eu me divertia feito louco, mas Vanessa, sem saber perder, de um um jeito de acabar com aquilo. Certa tarde, voltando para casa, meus pais me pegaram pela mão.

— Abdel, vamos ao posto.

— Ao posto dos correios, é isso?

— Não, não ao posto dos correios. Fomos intimados pela polícia. O que você fez?

— Francamente, não tenho a menor ideia.

Eu tinha uma ideia, mas pensava em uma desgraça maior do que meu mísero roubo. Quando o policial disse o motivo daquele convite, quase suspirei aliviado.

— Sr. Sellou, seu filho, Abdel Yamine, é acusado de extorsão.

Aquelas palavras eram complicadas demais para Belkacem. Aliás, para mim também. Só compreendi quando citaram o nome de Vanessa. Saí de lá prometendo devolver a foto à proprietária já no dia seguinte. Meus pais não tinham entendido nada daquela história, eles me acompanharam sem dizer coisa alguma, e sem me fazer qualquer pergunta. Não fiquei de castigo. Nem em casa, nem na escola.

Anos mais tarde, descobri que o diretor da escola havia sido preso. Entre outras vigarices, ele metera a mão no cofre da cooperativa escolar. Onde já se viu roubar das criancinhas?

– 5 –

Todos os dias, eu tomava meu café da manhã a caminho da escola. Os entregadores deixavam os engradados diante das portas das lojas, ainda fechadas, e continuavam tranquilamente seu itinerário. Um plástico cobria a mercadoria. Bastava meter a mão para se servir. Um pacote de biscoitos Saint-Michel aqui, uma latinha de suco de laranja acolá. Eu não via mal algum nisso: estava tudo ali, bem na calçada. Quer dizer, mais uma vez ao alcance das mãos. E francamente, um pacote de biscoito a mais ou a menos... Eu o dividia com Mahmoud, Nassim, Ayoub, Macodou, Bokary. Eu era colega de todos os garotos do conjunto habitacional de Beaugrenelle, entre os quais não havia muitos Édouard, Jean ou Louis. Não porque não quiséssemos saber deles, mas porque eles preferiam nos deixar entre nós mesmos. De qualquer maneira, eu era autoritário e solitário. Era assim: *quem gostar de mim que me siga*, e quando eu me virava, achava que aqueles que me seguiam eram muitos.

A gente ficava na laje, aquele espaço cimentado entre os prédios do conjunto, em cima do centro comercial, nossa base de lazer. Éramos elegantes, vestidos à última moda, com as marcas certas. Jaqueta Chevignon, calça Levi's cortada nas laterais e uma estampa Burberry. O agasalho era Adidas, com as três listras. Que, aliás, voltou a ser usado ultimamente. A camisa polo Lacoste, que sempre me foi estimada. Ainda hoje, gosto muito do jacarezinho no bolso.

No primeiro episódio em que fui pego na loja Go Sport eu já a havia surrupiado várias outras vezes. Nada mais simples: eu entrava e escolhia as roupas que me agradavam; dentro da cabine, enfiava uma por cima da outra, depois ia embora pelo mesmo caminho, discretamente. Só um pouquinho mais gordo. Falo de um tempo em que os vigias e os sistemas de segurança ainda não existiam. Os casacos ficavam pendurados nos cabides com uma etiqueta manuscrita presa ao botão. Um dia, surgiu uma espécie de dispositivo antifurto supostamente inviolável. Mas um grampo era suficiente para soltar o fecho, bastava ter criatividade, e isso eu tinha de sobra, assim como tempo.

Bem cedo, parei de acompanhar meus pais em seus passeios dominicais ao jardin des Tuileries, para ver bichos exóticos e ir ao jardim zoológico de Vincennes. Domingo à tarde, eu cochilava diante de *Starsky e Hutch* até que Yacine, Nordine ou Brahim passassem me chamando. Descíamos para a laje, procurando qualquer coisa para fazer, uma ideia nova para colocar em prática.

O centro comercial ficava fechado no domingo. Difícil fazer umas comprinhas. Se bem que... quem iria nos impedir de entrar? Aquela porta metálica ali dá para o interior da loja, não é? Além do mais, não temos nada a perder...

NADA.

Quer ver?

*
* *

Na loja Go Sport, ao lado das cabines, dá para ver uma porta sob uma placa. Está escrito "Saída de emergência" em letras brancas sobre um fundo verde. Quando um vendedor procura uma roupa que não está disponível nas prateleiras, ele passa por essa porta e retorna com o artigo em questão nas mãos. Daí que eu deduzi duas coisas: primeiro, que atrás daquela porta está o estoque; e que esse estoque dispunha de uma saída para a rua. Até o imbecil do inspetor Gadget descobriria isso sozinho.

A saída estava ali, na nossa frente: uma porta metálica como já vi nas saídas dos cinemas. Perfeitamente plana no exterior, sem nenhuma saliência visível, já que não possui fechadura e abre por dentro ao se pressionar uma barra metálica horizontal. Assim, em caso de incêndio, mesmo que dezenas de pessoas se precipitem sobre ela ao mesmo tempo, basta uma pressão para que ela ceda. Portanto, teoricamente, é claro, não pode ser aberta por fora. Cheio de artimanhas, com um cinzel, destravo a abertura e enfio um pé na brecha, Yacine puxa com força a porta e a gente entra na caverna de Ali Baba.

Mas que tipo de pórtico é esse, sob o qual acabamos de passar? Nunca vimos isso antes. Bom, não estamos ali para brincar de turista. Guardo o cinzel no bolso da jaqueta e começamos nossa exploração de bens disponíveis. Na maior parte, está tudo ainda dobrado e dentro de sacos plásticos, o que não facilita para saber se o modelo nos agrada e se é do nosso tamanho. Yacine faz uma descoberta.

— Abdel! Olha só essas calças! Super maneiras!

Ergo o olhar para meu camarada que está em frente. É verdade, são jeans bem bacanas. O pastor alemão que aparece atrás deles, mostrando os dentes, é bem menos bacana. Meu olhar sobe pela guia e encontra uma mão quase tão peluda quanto o cachorrão. Continuo olhando e dou de cara com um rosto quadrado com um boné na cabeça, em que se lê: SEGURANÇA. Portanto, não resta dúvida.

O vigia agarra Yacine pela gola do casaco.

— Por aqui, os dois.

— Mas a gente não fez nada!

— Cala a boca!

Ele nos faz sair dali por uma portinha, para o lado do centro comercial, e nos tranca dentro do banheiro dos funcionários. Cleque! As portas são equipadas com um ferrolho exterior! Eu acho a maior graça.

— Yacine, você viu isso? Eles são muito espertos! Já tinham previsto que os banheiros poderiam servir de cela para os ladrões pegos no flagra. Estão otimizando o espaço!

— Pare de rir, estamos ferrados!

— Que nada! Por quê? A gente não pegou nada!

— Porque não deu tempo. E, além disso, arrombamos a porta da loja.

— Quem arrombou a porta? Você? Você arrombou a porta, Yacine? Mas ela estava aberta, a gente só entrou!

Dizendo isso, abro a tampa do reservatório de água da descarga e jogo meu cinzel lá dentro.

Alguns minutos depois, o cão e o guarda voltam com dois policiais. Nós damos nossa versão da história. Os homens não são bobos, mas não têm como provar coisa alguma, o vigia dispensa os dois oficiais e nos acompanha até o local de onde viemos.

— Para sua informação, garotos, esse batente tem um alarme. Quando alguém passa por baixo, ele aciona uma luz vermelha na cabine de segurança.

Faço de conta que estou extasiado diante dessa proeza tecnológica novinha em folha.

— Ah, é? Isso é ótimo. Um troço desses é muito útil.

— Muito, mesmo.

A porta metálica bate atrás de nós. A gente vai procurar os outros delinquentes na rua, morrendo de rir.

Meu maior golpe, por causa do volume, é claro, eu dei antes dos meus 10 anos. Peguei um kart na loja de brinquedos Le Train Bleu, dentro do mesmo centro comercial de Beaugrenelle. Um carrinho elétrico de verdade, dava até para sentar nele! Eu me lembro, na escada rolante, carregando o volume equilibrado sobre a cabeça, que descia os degraus à toda velocidade, com o gerente da loja nos meus calcanhares.

— Pare aí, ladrão. Pare!

O negócio valia uma fortuna.

Todos nós o experimentamos na laje. Não funcionava muito bem. Sinceramente, não valia o preço.

– 6 –

O passo estava dado. Eu não podia mais mudar. Com 12 anos, já não havia a menor chance de eu me tornar o gentil cidadão que a sociedade esperava. Todos os garotos do conjunto habitacional, sem exceção, tinham tomado o mesmo trem que eu, e dele não desembarcariam. Teria sido preciso nos privar de liberdade, de tudo o que tínhamos, nos privar uns dos outros, talvez, e ainda assim... nada seria o bastante. Seria necessário nos reprogramar inteiramente, como quando se apaga o disco rígido de um computador. Mas não somos máquinas e ninguém podia se permitir usar da mesma arma que nós, ou seja, a força, sem lei e sem limites.

Logo compreendemos o funcionamento do mundo. Paris, Villiers-le-Bel ou Saint-Troufignon-de-la-Creuse, o combate era o mesmo: onde quer que morássemos, éramos os selvagens contra o povo civilizado da França. Nem sequer precisávamos lutar para conservar nossos privilégios, visto que, aos olhos da lei, éramos considerados crianças, independentemente do que fizéssemos. Aqui, uma criança é obrigatoriamente julgada irresponsável por seus atos. Atribuem-lhe todas as desculpas do mundo. Superprotegida, não tem o bastante, é paparicada demais, a pobreza... Para mim, eu cito "o trauma do abandono".

Matriculado no sexto ano do ensino fundamental no Colégio Guillaume-Apollinaire, 15º *arrondissement,* aconteceu meu primeiro encontro com um psicólogo. Um psicólogo pedagogo, é claro. Alertado por um dossiê já bem cheio de motivos para expulsão e outras avaliações pouco elogiosas da parte dos professores, ele desejou me conhecer pessoalmente.

— Abdel, você não mora com seus pais verdadeiros, não é mesmo?

— Moro com meu tio e minha tia. Mas eles são meus pais agora.

— Eles são seus pais desde o dia em que seus pais verdadeiros o abandonaram, não é mesmo?

— Eles não me abandonaram.

— Abdel, quando os pais param de cuidar de seus filhos, eles os abandonam, não é mesmo?

Será que ele não vai parar com esses "não é mesmo"?

— Estou dizendo que eles não me abandonaram. Eles me confiaram a outros pais, só isso.

— Isso se chama abandono.

— Não para nós. Na nossa terra, é assim que se faz.

O psicólogo suspira diante de minha teimosia. Eu pego mais leve para ele me deixar em paz.

— Senhor psicólogo, não se preocupe comigo, está tudo bem. Eu não estou traumatizado.

— Está, sim, Abdel. Você está.

— Se o senhor está dizendo...

O que é certo é que vivemos todos na inconsciência, nós, as crianças dos conjuntos habitacionais. Nunca houve um sinal forte o bastante para nos indicar que estávamos seguindo no rumo errado. Os pais não diziam nada, porque não sabiam o que dizer, pois, mesmo que não aprovassem nosso comportamento, não tinham meios de corrigi-lo. Para a maior parte dos magrebinos e africanos, uma criança deve viver suas experiências como bem entender, por mais perigosas que sejam. É assim.

A moral permanecia no nível das palavras.

— Você está se metendo numa enrascada, garoto! — constatavam a professora da escola, o gerente da loja, o policial que nos pegava pela terceira vez em 15 dias.

Mas o que esperavam todos eles? Que a gente soltasse um grito de pavor, *Ah, meu Deus, fiz uma besteira, por que fiz isso? Estou comprometendo meu futuro!* O futuro era um conceito desconhecido, inconcebível, a gente não se projetava no tempo, não antecipávamos nada, nem os socos que daríamos, nem aqueles que tentaríamos evitar. Éramos indiferentes a tudo.

— Abdel Yamine, Abdel Ghany, venham aqui os dois. Vocês receberam uma carta da Argélia.

A gente não se dava ao trabalho de responder à Amina que isso não tinha importância nenhuma para nós. A carta ficava sobre o aquecedor na entrada, até que Belkacem a encontrasse e decidisse abri-la. Ele nos fazia um tímido resumo.

— É a mãe de vocês. Quer saber como vão na escola, se têm amigos.

Eu me engasgava de tanto rir.

— Se eu tenho amigos? Papai, o que você acha?

Éramos obrigados a ir à escola. Algumas vezes, nós íamos. Chegávamos atrasados, falávamos alto nas aulas, nos servíamos nos bolsos dos casacos, nos estojos de canetas, dentro das pastas dos estudantes. A gente atacava por diversão. Tudo era pretexto para rir. O medo que líamos no semblante dos outros nos excitava, como uma gazela em fuga excita o leão. Perseguir uma presa fácil não nos divertia. Vê-la em dúvida, por outro lado, espreitar o momento em que ela se dará conta do perigo, escutá-la barganhar por sua salvação, deixá-la acreditar em nossa benevolência, antes de desferir o primeiro golpe... Éramos uns desalmados.

*
* *

Eu achei um hamster. Uma garota do colégio onde estou agora, no sétimo ano do ensino fundamental, me emprestou (bem contra sua vontade, mas ninguém mais aceitou). Pobretona, ela gastou todo seu dinheiro para ter um amigo e, na hora de levá-lo para casa, ficou com medo de ser repreendida...

— Eu não devia ter comprado. Meu pai sempre disse que não queria bicho dentro do apartamento...

— Não se preocupe. Eu vou procurar outra casa para ele.

É engraçada essa espécie de rato. Fica roendo um pedacinho de biscoito sem se mexer, bebe, dorme, faz xixi. Meu caderno de matemática está todo ensopado. Durante vários dias, carrego a coisa dentro da minha mochila. Na aula, ela se comporta melhor do que eu e, quando lhe vem a vontade de se expressar, meus cúmplices ajudam a disfarçar: eles são capazes de soltar guinchos muito bons. A professora fica espantada.

— Yacine, você ficou com a mão presa no fecho do seu estojo?

— Sinto muito, senhora, não foi a mão, está doendo!

Gargalhada geral na sala. Até mesmo os burguesinhos do 15º *arrondissement* gostam de nossas palhaçadas. Todo mundo conhece a causa verdadeira desses ruídos estranhos que saem da minha mochila, mas ninguém dedura. Vanessa, ela outra vez, tem o coração delicado e fica preocupada com o hamster. Ela vem falar comigo no recreio.

— Abdel, me deixe ficar com ele. Vou cuidar direitinho.

— Um animal deste vale dinheiro, garota.

A extorsão não funcionou na primeira vez, é hora da revanche.

— Azar, então. Pode ficar com seu hamster.

A safadinha está resistindo. Tenho então uma ideia maléfica: vender-lhe o animal aos pedaços.

— Escuta, Vanessa, estou pensando em cortar uma das patas mais tarde, na laje, para ver como ele corre sem ela. Você quer ver?

As bolinhas azuis de seus olhos giram em suas órbitas como minhas cuecas dentro da máquina de lavar.

— Você está doido? Você não vai fazer isso, não é?

— Ele é meu, faço o que quiser.

— Ok, eu o compro por 10 francos. Trago amanhã. Não faça nada com ele, certo?

— Deixa comigo.

No dia seguinte, Vanessa está com a moedinha redonda na mão.

— Abdel, vou lhe dar, mas quero ver o hamster antes.

Entreabro minha mochila e ela me dá o dinheiro.

— Está bem, pode me entregar.

— Ah, não, Vanessa! Os 10 francos eram só pela primeira pata. Se quiser outra, são mais 10 francos!

Ela me traz o dinheiro à noite, de pé na frente do meu prédio.

— Vai passando o hamster! Agora, chega!

— Ei, gatinha, ele tem quatro patas... Mas eu te faço as duas últimas por 15 francos, um bom negócio para você...

— Abdel, você realmente não presta! Bom, me dá o hamster e eu te pago quinta-feira, no colégio.

— Vanessa, não sei se posso confiar em você...

Ela fica vermelha de raiva. Eu também, mas de tanto rir. Entrego-lhe aquele monte de pelo fedorento e a observo ir embora. Eu nunca teria cortado sequer uma orelha do hamster. Ele morreu algumas semanas depois em sua gaiola cinco estrelas na casa da menina. Ela nem soube cuidar direito do bicho.

*

* *

Do colégio, me transferiram para o liceu profissional do 12º *arrondissement*, seção de mecânica geral. Chennevière-Malézieux é o nome do estabelecimento. No primeiro dia de aula, o inspetor-adjunto nos dá uma aula de história e, ao mesmo tempo, uma boa lição de moral.

— André Chennevière e Louis Malézieux foram dois grandes defensores da França durante a ocupação alemã, na Segunda Guerra Mundial. Vocês têm a oportunidade de viver num país em paz e próspero. Terão que lutar apenas para construir o próprio futuro. Eu os aconselho a mostrar a mesma coragem que os senhores Chennevière e Malézieux no aprendizado de uma profissão.

Entendido. Assim como essas duas figuras, eu vou entrar na Resistência. Nunca tive a intenção de meter a mão na graxa. Estou com 14 anos, nenhum objetivo a alcançar, somente minha liberdade a preservar. Aguento mais dois anos e eles serão obrigados a me soltar. Depois dos 16, a escola não é mais obrigatória na França. Mas eu sei que antes mesmo eles soltam nossas rédeas.

Felizmente. Não tenho nada a ver com o rebanho com o qual querem me ver pastar. Como era mesmo aquela história de carneiro que a professora nos contou no ano passado? Os carneiros de Panurge, é isso! O cara joga um deles no mar, todos os outros o seguem. Nesta porcaria de escola, todos os alunos se assemelham aos carneiros. Precisa ver os caras. O olhar apagado, vocabulário de três palavras, uma ideia por ano. Alguns deles repetiram o ano uma, duas, três vezes. Eles conseguiram fazer com que acreditassem que levavam tudo a sério, que se preocupam com o vestibular, com a faculdade e com todas essas besteiras. Eles têm instintos básicos: comer, *viva a cantina*, e trepar — não há como dizer de outra forma, é a palavra que eles repetem o dia inteiro.

Três coitadas aterrissaram lá, naquela sala de tarados. Uma delas, pelo menos, eles vão traçar, e mais de uma vez, e serão vários deles... Eu tenho muitos defeitos, mas não sou desse tipo de violência. Obrigado, camaradas, eu não quero brincar. Eu me divirto de outra maneira, com outras brincadeiras.

– 7 –

A gente não sabe o que fazer no conjunto habitacional Beaugrenelle. As lojas começam a se equipar seriamente para impedir nossas visitas: detector de movimentos, alarmes antifurto cada vez mais modernos, vigias, funcionários atentos a certo tipo de clientela... Em apenas dois anos, a segurança aumentou tanto nas lojas que não podíamos mais nos servir na fonte. Era preciso renunciar aos agasalhos com capuz que nos caíam tão bem, ou então tentar consegui-los em outro lugar... Diretamente nos cabides, nas casas dos garotos que vivem nos bairros elegantes. O raciocínio não carece de lógica, tampouco de cinismo, hoje em dia aceito admitir isso. Naquela época, eu não me dava conta de nada. Mais uma vez, eu era absolutamente incapaz de me colocar na posição de outra pessoa. Eu nem tentava, a ideia sequer vinha à minha cabeça. Se me interrogassem sobre o sofrimento do adolescente que acabara de ser roubado, eu apenas achava graça. Visto que nada era grave para mim, nada era grave para os outros, ainda menos para os frangotes alimentados com colher de prata.

A partir desse ano escolar, os pais não acompanhavam mais a prole até o portão do colégio. Assim que saíam pela porta de casa, os meninos se tornavam presas fáceis. Nós identificávamos um deles, todo equipado, bem arrumadinho, e caíamos em cima de dois ou três, o abordávamos na calçada e seguíamos na mesma direção, como se fôssemos amigos indo juntos para a escola. Os transeuntes não notavam nada de preocupante. Acho mesmo que acreditavam assistir a um espetáculo feliz: *então, este bom católico é amigo de dois árabes! Este menino de boa família tem o coração grande o bastante para não rejeitar esses garotos de modos de vida desordenados, certamente, bem instáveis*... Os transeuntes desconheciam nossa lógica própria.

— Esse tênis aí. Qual o número?

— Vocês querem dizer "de que tamanho"? E por que isso lhes interessa?

— Responde!

— Quarenta.

— Quarenta? Beleza! Exatamente o que eu precisava! Pode ir me passando.

— Nada disso. Eu não vou chegar na escola de meias, né?

— Tenho uma navalha no meu bolso. Você não vai querer manchar esse lindo suéter azul com gotas horríveis de sangue, vai? Senta aí!

Eu lhe apontava um assento, um degrau, a entrada de uma loja ainda fechada.

— Vamos, desamarra rápido!

Eu enfiava os Nikes na minha mochila e ia embora com Yacine que, por sua vez, já calçando 42, tinha mais dificuldade para se abastecer à custa dos jovens estudantes.

Acontecia de batermos também. Socos e pontapés. Isso era só quando o cara não cedia. Nós achávamos tal reação completamente estúpida. Por um par de sapatos, francamente... Algumas vezes, eu era detido. Passava uma ou duas horas no distrito policial e voltava para casa, como se nada tivesse acontecido. A polícia na França está longe de ser tão terrível quanto vemos nos filmes. Nunca acertaram a minha cara com um catálogo das Páginas Amarelas, nem sequer um tabefe. Na França, não se bate em crianças, não é correto. Em casa, Belkacem e Amina também não batiam em nós. Eu me recordo dos gritos de alguns vizinhos: aqueles cujo pai açoitava com chicote as costas do filho, fazendo-o berrar de dor, enquanto a mãe urrava para que a seção de tortura terminasse. Eu me recordo de Mouloud, de Kofi, de Sékou, eles tomavam belas surras. Depois, não podíamos tocar suas costas durante alguns dias e não podíamos, sobretudo, mencionar o corretivo, dizer que havíamos ouvido e entendido o que tinha acontecido. Não acontecera nada. Aliás, nada mudava. A vida após a surra se parecia com a vida antes da surra. Mouloud, Kofi e Sékou não abandonavam seus postos na frente do prédio ou na laje, e continuavam correndo tão rápido como antes.

*

* *

Eu me enchi de confiança e me afastei do 15º *arrondissement*. Tomei a linha 10 do metrô na Charles-Michel, fiz baldeação na Odéon, até chegar à estação Châtelet-Les Halles. Uma mistura danada. Negros e árabes principalmente. Alguns fingem que são americanos. Eles se empanturram de hambúrgueres para conseguir a mesma envergadura dos dançarinos de break. Podemos ouvi-los vindo de longe. O equipamento de som arrasa-quarteirão rugindo sobre os ombros. Um boné grudado na cabeça, com a viseira para trás, as calças do maior tamanho que conseguiram encontrar. Eles apoiam o aparelho, aumentam um pouco mais o volume e se lançam na pista. Garantem o espetáculo e a música, encobrindo o barulho das transações.

Cada um faz seus negócios sem se preocupar com os outros. Eu me misturo no meio da massa. Como um sanduíche, vendo uma jaqueta Lacoste e um par de Weston, nada terrível: a droga circula em outros lugares, longe do meu olhar. Esse tipo de tráfico não me interessa, exceto para enfurecer a juventude dourada do 16º *arrondissement*, que procura apimentar suas noitadas de abastados. Eu lhes empurro pimenta seca. E, no entanto, não se parece nada com a *cannabis*, nem o cheiro, nem a cor. Isso não parece espantá-los, eles soltam a grana. Eu esculpo um pedaço de casca de bordo e faço uma barra bem apresentável. Basta esfregá-la num pouco de haxixe, do verdadeiro, para conseguir a cor e o cheiro, depois embrulhar tudo com jornal. Estou na Fontaines des Innocents, um frangote de blazer dá as caras.

— Você tem? Você tem?

— E você, tem grana?

A transação é logo concluída, o cara não perde tempo. Imagino sua expressão quando abrir o pacote. Depois de pegar o papel para enrolar o tabaco que entocou sob o colchão, vai tentar esfarelar a muamba para fazer um baseado e acabar esfolando os dedos. *Meu bagulho é bom, não é Jean-Bernard? Não me surpreende, é de bordo!*

As noitadas, as "festas zulus", como dizemos, acontecem no subsolo. Somos todos camaradas, independentemente de nossas origens étnicas. E como somos todos camaradas, nos ignoramos mutuamente. Conheço o nome ou o apelido de todos os caras que aparecem por lá; assim como eles sabem quem sou eu: o *petit* Abdel. E só isso. Ignoro seus sobrenomes e eles nunca ouviram falar em Sellou. Eles me chamam de *petit* por conta da minha baixa estatura, não por causa da idade, 15 anos. Há por aqui alguns que são bem mais jovens do que eu, e até umas garotas ingênuas demais. Elas flertam com um perigo que pressentem, gostam desse olhar que os rapazes fortes como homens lançam sobre elas, chegam a morder os dedos. Observo de perto todo esse pequeno mundo, não faço parte dele realmente. Uma noite, saio com os punks; na outra, se chove, faço meus negócios nas galerias subterrâneas.

— Ei, *petit* Abdel! Tenho uma dica para esta noite. Uma garota de Henri-IV está dando uma festa em casa, em Ranelagh. Os pais estão fora, sacou?

— Perfeitamente!

Nesses casos, nós nos infiltramos, dançamos comportadamente até que um de nós dê o sinal. Então fazemos a limpa. Sempre há pelo menos um equipamento de som de última geração para levar. Solto os fios com cuidado, enrolo tudo metodicamente. A senhorita dona da festa fica horrorizada. *Caramba, são aqueles novos amigos, mas o que estão fazendo? Cinco minutos atrás eles se mostravam tão simpáticos! Como poderia adivinhar? Ah, esses meninos malvados!* Ela se tranca no quarto. Meus amigos morrem de rir, me vendo andar pela rua com a maior naturalidade do mundo, carregando sob o braço um equipamento tão pesado quanto eu.

— *Petit* Abdel, você é o melhor!

E como... Outra noite, a gente dá um rolé ao lado da place Carrée, que quer dizer quadrada, embora ela seja redonda. De repente, o bicho começa a pegar com dois caras, lá no fundo, contra o muro. Todos observam de longe, ninguém se aproxima. Não nos metemos nos assuntos dos outros. Jamais. Eles começam a brigar, é um espetáculo banal.

Menos banal é o sangue jorrando do pescoço de um deles. Nada banal, a glândula branquinha saindo da garganta do negão. Morto, sem dúvida.

A gente se dispersa numa fração de segundo, como uma revoada de pombos. Não vi a lâmina que cortou a carne, devia ser grande, sólida, e a mão que a segurava, possante. Determinada. É por isso que não me envolvo com droga pesada, nem para consumir, nem para vender. É um tráfico que pode levar longe demais. Engraçado: eu nunca tive dúvida, eu, que roubo sem escrúpulo, sei que nunca matarei por dinheiro. Os guardas não vão tardar a aparecer, corro para o mais longe possível, todas as testemunhas da cena se dispersam pela cidade e em seus subterrâneos. Eu vi a cabeça do morto pender pesadamente sobre o ombro, quase decepada. Não vi nada.

– 8 –

Também se morria no meu bairro, de solidão e de desespero, como se morre nas cidades. Muitos se suicidavam, principalmente se jogando pela janela. Cada vez era um acontecimento. Éramos centenas morando no pequeno conjunto habitacional de Beaugrenelle, mais ou menos mil, com certeza, e todos nós nos conhecíamos. Havia algo de sensacional quando um dos habitantes desaparecia. Os velhos que, em geral, ficavam fechados em seus apartamentos abriam a porta para falar com os vizinhos. Mas no fundo, não se dizia nada. Alguns queriam apenas ser bem-vistos, mostrando aos outros que sentiam compaixão por aquele coitado do Sr. Benboudaoud, que havia acabado de morrer. Outros procuravam provar sua perspicácia, explicando a causa do suicídio, que eram os únicos a conhecer, é claro.

— Ele não aguentava mais viver sozinho, o velho Youssef, ficou infeliz demais depois da morte da mulher, quando foi mesmo?

— Faz uns cinco anos, mas você está enganado, não foi por causa da mulher que ele se matou.

Silêncio, suspense, rufar dos tambores, o outro boquiaberto, aguardando a conclusão.

— Ele se matou porque leu a correspondência!

— É mesmo? E o que havia hoje de manhã na correspondência dele?

— Você não viu que ele tinha ainda uma carta na mão, quando se espatifou no chão?

É verdade. O velho Youssef despencou do sétimo andar com uma notificação do fisco entre os dedos. Assim mesmo, deve ter sido difícil não largar a folha de papel durante a queda!

Lembro-me de outro cara, um francês totalmente destruído pelo alcoolismo, esmagado sob o peso de sua vida fracassada. Ele morava no prédio vizinho com a mulher, tão bêbada quanto ele. Ela o deixou por outro e ele se jogou pela janela. Só que morava no primeiro andar... Quebrou os ossos e ficou ali, estendido de costas, um dos braços deslocado atrás da nuca, uma perna na altura da cintura, um cotovelo penetrando as costelas. Quando chegaram, os bombeiros olharam aquela marionete desarticulada, sem saber por onde segurá-la. Colocaram uma manta feita de um belo material dourado sobre o corpo. O pobre corno morreu brilhando.

Outro caso do qual ainda me recordo e que nos fez rir tanto quanto nos causou repulsa: Leila, uma mulher obesa que nunca saía de casa, se jogou do sexto andar. Seu corpo fez *plof*, explodindo no asfalto como um tomate maduro.

Mais uma história de amor: o cara começou a viver com outra mulher, dentro do apartamento dela. Esse homem, que foi encontrado em estado de decomposição sobre a cama, no fim do verão seguinte, estava com câncer em fase terminal e sua nova amada tinha saído de férias. Depois, ela fez uma limpeza no quarto e na sala e continuou morando lá.

Mas, pensando bem, eu não dava muita sorte. Eu, que vivia na vadiagem, que raramente fazia minhas refeições na casa dos meus pais, estava sempre no conjunto habitacional toda vez que um vizinho se suicidava. E todas as vezes eu fugia rapidinho. Os policiais logo chegavam para fazer uma investigação. Ainda que nunca soubesse por que eles me procuravam, eu sabia que era melhor evitá-los.

*

* *

Eles me procuravam por causa do assassinato em Châtelet-Les Halles. Havia câmeras de segurança na place Carrée e toda a cena fora filmada. A imagem não era de boa qualidade e não dava para identificar o assassino. Um negro alto, com roupa de ginástica e tênis esportivos, o que pode haver de mais comum? Mas a mim reconheceram. É preciso dizer que já me conheciam bem. Toda vez que me pegavam, me mantinham preso o quanto a lei permitia, antes de prometerem que voltaríamos a nos ver.

Nos reencontramos certa manhã, num mero controle de identidade numa estação de trem do subúrbio, onde eu acabara de acordar. Eu praticamente não punha mais os pés na escola e, também, raramente em casa: passava minhas noites nos trens dos subúrbios, como os arruaceiros de Châtelet, com os quais eu andava. Ficávamos por lá até o dia amanhecer e, quando o movimento recomeçava, lá pelas 4 ou 5 horas, descíamos para a estação, nos instalávamos num vagão qualquer e dormíamos algumas horas. De vez em quando, eu abria um olho, via um cara de terno e gravata ordinários com sua pasta sobre as pernas. Se pudesse a algemaria nos próprios pulsos. Nossos olhares se cruzavam, não sei qual dos dois mais carregado de desprezo. Eu pensava, *vai trabalhar, vai, continua acordando de madrugada para ganhar seu salário miserável. Eu ainda não acabei minha noitada.*

Eu voltava a dormir, a marca da costura do banco impressa na bochecha. Meu odor não devia ser o de uma rosa, mas nenhum lugar em Paris tem cheiro de rosa. Uma voz no alto-falante:

— Saint-Rémy-lès-Chevreuse, estação final. Todos os passageiros são convidados a desembarcar deste trem.

Uma voz no meu ouvido.

— Abdel, Abdel, porra, Abdel, acorda! Temos que sair do vagão. O trem vai para a garagem!

— Me deixa dormir...

Outra voz, mais áspera, cujo dono sacudia meu braço.

— Controle de identidade. Documentos!

Acabei por me levantar e bocejar, e tive a ideia de verificar as horas no meu relógio, mas mudei de ideia bem a tempo. O assalariado uniformizado poderia adivinhar que eu não tinha recebido o objeto de presente de primeira comunhão.

— Eu aceito um croissant com meu café, eu...

— Você acorda de bom humor, isso é ótimo!

Indiferente, entrego meus documentos, regularizados, é claro. Nascido em Argel, eu possuía uma autorização de permanência recentemente renovada. O processo de naturalização já estava em andamento: nos anos 1980, qualquer um que vivesse à França há mais de dez anos podia conseguir o passaporte azul, vermelho e branco. Não perdi tempo. O imbecil do meu irmão não observou direito as normas administrativas e foi repatriado para a Argélia em 1986. Belkacem e Amina tinham perdido um filho, sem dúvida aquele que eles teriam preferido guardar, se pudessem escolher. Seria necessário ir resgatar o outro no distrito policial.

— Sellou, a PJ quer falar com você. Venha conosco.

— A PJ? O que é a PJ?

— Não banque o inocente. A Polícia Judiciária, você sabe muito bem!

Eu entendi imediatamente que se tratava do assassinato de Châtelet. O único caso grave o suficiente para merecer uma audiência nos departamentos da *ilê de la* Cité. Sabia que não corria risco algum. Eu tinha sido testemunha, nada mais, e desconhecia a identidade do assassino. Para variar, não precisaria mentir. Não valia a pena bancar o esperto: não me acusavam de nada, eu podia contar toda a verdade. Houve uma briga, um golpe de faca, o cara desabou no chão, fim da história.

Mas foi o início da minha jornada judiciária.

– 9 –

Acabo de completar 16 anos. Há alguns dias me apresentei diante do conselho disciplinar do colégio a fim de encerrar minha carreira de mecânico. Fui acusado de ausências frequentes e, de quebra, de ter dado um soco no professor de administração.

— Abdel Yamine Sellou, você agrediu o Sr. Péruchon no dia 23 de abril passado. Você admite este fato?

Caramba, um verdadeiro tribunal...

— Admito, admito...

— Pois bem, já é um começo! Você pode assegurar que isso não se repetirá?

— Bom, aí isso depende dele.

— Não, isso depende de você. Pode nos prometer que esta foi a última vez?

— Não, não posso.

O diretor suspirou. Os outros jurados nem sequer levantaram a cabeça de suas palavras-cruzadas. Minha insolência faz parte da rotina mais banal para eles. Já viram tantas coisas que me pergunto o que é preciso fazer para surpreendê-los. Vou tentar um pouco de humor.

— Senhor diretor, pelo menos não vou ser expulso, não é mesmo?

— De repente, seu futuro profissional ganhou importância para você, Abdel Yamine?

— Quer dizer... Na verdade, eu digo isso por causa da cantina. Quinta-feira, em geral, eles servem batatas fritas. Gosto muito de vir almoçar aqui às quintas-feiras.

Dentro da sala, eles continuam imóveis. Nem mesmo o mais gordo se mexe, o conselheiro pedagogo principal que jamais me deu o menor conselho. *Ei, ô! Estou falando de batatas fritas!* Eu o imagino como personagem de desenho animado, se transformando em um lobo obeso, a língua batendo no chão, a baba escorrendo pelo ventre peludo, incapaz de dar um passo até o prato de batatas fritas crocantes, que Chapeuzinho Vermelho Abdel carrega nas mãos.

O diretor interrompe meu delírio.

— Esse argumento culinário não chega a ser suficiente, eu sinto muito... Vamos deliberar, mas creio que a questão já está decidida. Você receberá uma correspondência na casa de seus pais dentro de alguns dias. Pode ir embora.

— Bom, então... Até um dia desses!

— Não, acho que não... Boa sorte, Abdel Yamine.

*
* *

A carta ainda não chegou à casa dos meus pais e eu não os preveni, eu os ignoro completamente. Estou livre do sistema escolar e da família há muito tempo. Entretanto, aos olhos da lei, não posso ser interrogado sem a presença de um responsável legal. Um veículo da polícia vai buscar Belkacem e Amina e os leva até o número 36 do quai des Offèvres, no departamento da brigada criminal. Eles chegam ao corredor onde estou cochilando, sentado numa cadeira. Eles têm um ar impressionado e ao mesmo tempo, abatido. Minha mãe se lança sobre mim.

— Abdel, o que você fez?

— Não se assuste. Vai ficar tudo bem.

Minha expulsão da escola nada mudará para eles. Já sabem que só ponho os pés no liceu raramente (por causa da cantina, é óbvio) e, há muito tempo, não têm nenhum meio de me controlar. Mas temem a audiência para a qual foram convidados e que vai acontecer agora. Na primeira vez em que vieram me buscar no distrito policial do bairro, já era muito tarde para fazer com que eu mudasse. A prova era nos encontrarmos ali naquele momento, diante dos guardas que controlam os criminosos. Aquilo que eles temiam para mim havia anos, silenciosamente, com o pudor dos impotentes, talvez tivesse acontecido.

— Abdel Yamine Sellou, graças às câmeras de segurança, você foi reconhecido na place Carrée, no terceiro subsolo do Forum des Halles. Um assassinato foi cometido na noite de blá-blá-blá, blá-blá-blá...

Já estou dormindo. Meus pais se fixam nos lábios do inspetor para melhor compreender suas palavras. A palavra "assassinato" produz um efeito devastador em minha mãe.

— Não se preocupe, mamãe, não fui eu, eu não fiz nada! Simplesmente, estava lá quando aconteceu!

O policial confirma.

— Sra. Sellou, estou interrogando seu filho enquanto testemunha. Ele não é acusado de nenhum assassinato, a senhora entende?

Ela concorda e recua em sua cadeira, tranquilizada. O que lhe passa pela cabeça, e pela cabeça do meu pai, eu ignoro e sempre ignorarei. Eles não falam. E não falarão muito mais, quando sairmos, os três do quai des Orfèvres. No máximo, meu pai iniciará um sermão moralizante ao chegarmos a Beaugrenelle. Minha mãe fará com que ele se cale, temendo que eu suma dali imediatamente.

Por enquanto, dou minha versão ao inspetor: eu nunca vi os caras dos Halles, não sei o nome deles e seria incapaz de identificá-los. Mas ele dá por terminada nossa entrevista. Ele me pergunta sobre mim mesmo, minha vida, meus hábitos, sobre os camaradas de Châtelet, que não são amigos de verdade. Ele insiste em seu discurso fajuto, só para manter a forma. Ou ele é pago para isso também ou está aliviando sua consciência. Imagino que deve ser enfurecedor a pessoa ser tão pouco eficaz em sua profissão...

— Abdel Yamine, seus pais têm uma renda irrisória e você ganha uma bolsa do Estado para estudar, embora não frequente as aulas. Você acha isso normal?

— Pufff...

— Além do mais, o dinheiro vai diretamente para a sua conta! Poderia ao menos servir para seus pais o vestirem e alimentá-lo.

— Pufff...

— Mas é claro, você se vira muito bem sozinho, não é? Você se comporta como um galinho... Pois bem, escute, vou apresentá-lo a uma senhora que é juíza de menores, ela vai cuidar de você até sua maioridade.

Meus pais não reagem. Não estão entendendo nada daquela situação, mas já sabem que não vão pegar seu filho. Que ele não será internado num centro para jovens delinquentes. Sabem que, daqui para a frente, serei convocado a cada três semanas ao Palácio da Justiça e que isso não mudará nada, absolutamente nada, nem para eles, nem para mim. Youssouf, Mohamed, Yacine, Ryan, Nassim, Mouloud, como quase todos os garotos de Beaugrenelle, são acompanhados por um juiz de menores. Todo mundo sabe como isso funciona, no conjunto habitacional. Meus pais devem acreditar que é a sina de todos, filhos de imigrantes e filhos de franceses.

*

* *

A juíza veio até nós. É uma mulher baixinha e gordinha, com voz doce e ar bem maternal. Ela fala comigo como se eu tivesse 10 anos, mas sem me tomar por retardado. Parece que está a fim de me ajudar. Ela constata a situação sem fazer drama. É a primeira a agir assim...

— Abdel Yamine, pelo visto, você não gosta muito de ir à escola.

— Não gosto muito, não.

— Eu entendo isso, você não é o único, sabe... Mas você gosta de ir para a rua, à noite? Disseram que você viu algo horrível nos Halles, alguém foi morto diante de seus olhos, foi isso?

— Hum-hum.

— Então, você acha que é bom para um garoto de 16 anos estar nesse tipo de situação?

Eu dou de ombros.

— Abdel Yamine, vamos nos ver novamente daqui a três semanas. Até lá, eu proponho que você reflita sobre o que gostaria de fazer. Sobre o lugar onde gostaria de morar, talvez. E assim nós conversaremos e veremos o que se pode ser feito. Ok?

— Ok.

Aos meus pais:

— Sr. e Sra. Sellou, permitam-me lembrar que este menino está sob a responsabilidade de vocês até a maioridade, que na França é 18 anos. Até lá, você devem garantir sua segurança, inclusive contra ele próprio. Um filho não é uma responsabilidade, é um encargo, e quando nos tornamos pais devemos cumpri-la. Vocês entendem o que eu estou explicando?

— Sim, senhora.

Desta vez, sim, com efeito, eles sacaram. Não completamente, mas sacaram. Na rua, depois de passar três horas na Brigada Criminal com os ombros caídos e os olhos embotados, meu pai ousa se expressar um pouco.

— Você entendeu, Abdel? A senhora disse que somos responsáveis por você, portanto, é melhor se comportar a partir de agora!

Eu ouvi também a palavra fardo. Observo esse homem que conecta fios há trinta anos. Juntos atravessaremos o

Sena pela Pont-Neuf, que me traz algumas lembranças. Acho minha vida nitidamente mais interessante do que a dele. Minha mãe, repentinamente, olha para mim, seus olhos estão molhados.

— Abdel, eles mataram alguém na sua frente!

— Não foi nada, mamãe. Foi como um acidente, ou como um filme na televisão. Eu estava lá, mas não tinha nada a ver comigo. Não me causou nenhuma impressão.

Assim como os seus sermões.

– II –

Fim da inocência

– 10 –

Eu abusava da fragilidade dos meus pais e não via mal algum nisso. Aos 6, 7 anos, no máximo, larguei a infância e os veleiros das Tuileries para ingressar diretamente num estado de independência indomável. Eu observei a humanidade e fiz meu inventário dela. Constatei que funciona como no caso dos animais: há um que domina e vários que são dominados. Estimei que, com um mínimo de instinto de sobrevivência e de inteligência, havia meios de criar meu lugar.

Eu não me dava conta de que Belkacem e Amina velavam por mim, à maneira deles. Não importa o que pensem, eles assumiram seus papéis, com poucos recursos, e eu os havia aceitado. Por isso, eu os chamava de mamãe e papai.

— Papai, compra um álbum de história em quadrinhos para mim.

— Mamãe, passa o sal.

Eu lhes pedia tudo o que queria, dando-lhes ordens. Não sabia que as coisas deveriam ser de outra forma. Eles também não sabiam, visto que não me advertiam. Mais uma vez, faltava-lhes o manual de instruções. Achavam que os pais que amavam seus filhos os autorizavam a tudo. Ignoravam que às vezes é preciso proibir certas coisas e que isso é para o bem deles. Eles não dominavam suficientemente os códigos em vigor na boa sociedade, aquela que utiliza fórmulas de civilidade o tempo todo, e que sabe como é importante se comportar corretamente à mesa. Eles não tinham como me transmitir esses códigos, e tampouco exigi-los de mim.

À noitinha, eu frequentemente voltava da escola com castigos. Minha mãe me via escrever dezenas, centenas de linhas, *devo ficar calado e sentado durante as aulas, não devo bater nos meus colegas no pátio na hora do recreio. Não devo jogar minha régua de metal sobre minha professora.* Eu liberava um espaço na mesa da cozinha, espalhava as folhas e me lançava numa maratona caligráfica. Mamãe preparava o jantar ao meu lado, de vez em quando, ela enxugava as mãos no avental e passava pelas minhas costas, colocando uma das mãos no meu ombro, observando minhas letrinhas minúsculas se acumulando no papel.

— É muito dever de casa, hein, Abdel? Muito bem.

Ela mal sabia ler em francês.

Assim sendo, não lia as avaliações na parte inferior do boletim escolar. "Aluno perturbador que só pensa em brigar", "Frequenta as aulas como turista", "Aluno em plena ruptura com o sistema escolar".

Ela tampouco lia as convocações dos professores, do diretor da escola e, mais tarde, do diretor do colégio e do liceu profissionalizante. A todas, eu respondia:

— Meus pais trabalham. Não têm tempo para isso.

Eu imitava a assinatura do meu pai...

Ainda hoje, estou convencido de que somente os pais que conheceram o sistema escolar francês, e a ele aderiram, comparecem às reuniões e aos encontros com os professores de seus filhos. É preciso saber como a escola funciona e aceitar seu funcionamento a fim de fazer parte dela. É preciso, principalmente, força de vontade. Por que Amina sentiria vontade de algo cuja existência ela ignorava? Para ela, os papéis estavam escolhidos: seu marido trabalhava e trazia dinheiro para casa. Ela fazia a faxina, a comida e cuidava de nossas roupas. A escola garantia a educação. Ela não levava em conta o caráter de seu filho, que não suportava a menor obrigação. Ela não me conhecia.

Ninguém me conhecia de fato, exceto, talvez, meu irmão, que tinha medo de tudo. Eu o usava de vez em quando para pequenos golpes que não exigiam muita coragem, mal nos falávamos. Quando ele foi deportado, em 1986, isso só me causou indiferença. Eu até o desprezava um pouco: tinha sido chutado do único país onde realmente vivera por conta de uns documentos. Era preciso ser meio otário... Eu saía com os camaradas do conjunto habitacional. Digo camaradas porque não éramos amigos. Para que serve um amigo? Para depositar sua confiança? Eu não precisava disso, pois nada me atingia. Eu não precisava de ninguém.

Em casa, eu não abria as cartas vindas da Argélia, aquelas pessoas que as escreviam não me interessavam, não faziam parte do meu mundo, eu sequer me recordava de suas feições: nunca vinham à França e nós nunca íamos visitá-las. Meus pais, Belkacem e Amina, eram pessoas simples, mas não estúpidas. Haviam compreendido que se vivia melhor em Paris do que em Argel, não sentiam saudades do país. Nunca empilharam colchões na capota do carro para a grande viagem de verão. Eu tinha três irmãs e um irmão do outro lado do Mediterrâneo. Eles não existiam mais para mim do que eu para eles. Éramos estrangeiros uns para os outros. Eu era estrangeiro em relação ao mundo todo, livre como um pássaro, incontrolável, descontrolado.

– 11 –

Na verdade, não é nada má essa história de juiz para as crianças. Como não recebo mais o dinheiro da bolsa, ela me dá um pequeno subsídio. Suficiente para comprar um kebab com fritas e pagar minha passagem no transporte coletivo. A cada três semanas, passo no seu escritório, ela me entrega um envelope. Se apareço por lá com tênis apertados demais para meus pés que cresceram, ela acrescenta algumas cédulas. Ela não entendeu que, quanto mais for gentil, mais eu lhe peço. E isso funciona! No pior dos casos, ela me dá algumas lições de moral.

— Abdel Yamine, você não rouba, eu espero?

— Isso, não, senhora!

— Este agasalho aí parece novinho. Aliás, é bem bonito!

— Foi meu pai que comprou. Ele trabalha e tem condições para fazer isso!

— Eu sei que seu pai é um homem sério, Abdel Yamine... E você, já pensou em se formar em alguma coisa?

— Ainda não.

— Mas o que você faz de seus dias, então? Estou vendo esse agasalho esportivo e que você gosta dos seus tênis. Você pratica algum esporte?

— É, pode-se dizer que sim.

*

* *

Eu corro. Eu corro sem parar. Corro até ficar sem fôlego para escapar dos policiais que me perseguem do Trocadéro até o bois de Boulogne. Durmo nos trens do subúrbio, durmo pouco. Uma ou duas vezes por semana, me ofereço um quarto de hotel barato para poder tomar uma ducha. Só uso roupas novas. Quando quero trocar, eu as jogo fora.

Os turistas se precipitam ao pé da torre Eiffel para tirar fotos, se colocam bem na junção do Trocadéro, clique e claque da Kodak, a lembrança dentro do aparelho e a oportunidade já está quase no papo: eles não prestam atenção aos seus brinquedos, esses americanos. Carregam negligentemente suas câmeras penduradas e se atulham de capas de chuva, garrafas de água, bolsas a tiracolo que dificultam seus movimentos. Dou o exemplo aos jovens que desejam se iniciar na profissão, garanto sua formação. Eu me aproximo, as mãos nos bolsos, a expressão inocente e beata do cara que admira a paisagem; de repente, como uma cobra, agarro a câmera e saio correndo rumo ao oeste. Atravesso o jardins du Trocadéro, me enfio pelo boulevard Delessert, pela *rue de* Passy e mergulho na estação de metrô de La

Muette. Quando o americano se dá conta do que aconteceu e chama a polícia, já voltei para o bairro e a mercadoria já foi revendida. O esquema é bem organizado, a sede fica na estação Étienne-Marcel. Lá, acha-se sempre um interessado numa câmera, num walkman, num relógio, num par de óculos Ray-Ban. Não trabalho com carteiras de dinheiro, é pouco eficaz: depois que todo mundo começou a pagar com cheque, as pessoas quase não carregam dinheiro com elas, portanto não vale a pena. Com os instrumentos tecnológicos, eu garanto sempre belos lucros. Ainda mais que usufruo de mão de obra gratuita.

Os caras que vadiam pelo Trocadéro carecem de desconfiômetro. Ou então, ainda não escolheram um partido: o dos ladrões ou o das pessoas honestas. São filhos de comerciantes, funcionários de nível médio, professores, operários, uns panacas que só faltam às aulas de vez em quando, que buscam a adrenalina, mas não têm certeza se querem encontrá-la. Estão dispostos a correr riscos por conta dos meus belos olhos, que são castanhos, pequenos e nada têm de excepcional. Eles me consideram simpático, eles se sentem sozinhos, gostariam de um pouco de canalhice, mas como não tiveram a sorte de crescer num conjunto habitacional como eu, não conhecem o código que nós aprendemos na rua. Comportam-se como cachorrinhos que trazem correndo a bolinha que seus donos lançaram e depois põem a língua para fora, esperando uma guloseima. Eles roubam para mim. Se preciso, eles batem nos outros por mim. Eles me dão as mercadorias, que são incapazes de revender. Esperam em troca apenas um obrigado, não tomam parte nos lucros. Eles me dão pena. Eu os acho bem simpáticos.

– 12 –

Uma, duas, vinte vezes, sou levado preso. É sempre o mesmo ritual. As algemas, o encarceramento mais ou menos longo. Hoje, o motivo foi ter manchado a estátua equestre de um tal de Marechal Foch, com seu fiel cavalo de batalha, feito Lucky Luke em seu Jolly Jumper.

— Degradação de bens imobiliários do Estado. Em cana! Até amanhã.

— Mas meus pais vão ficar preocupados!

— Pelo contrário, vamos informá-los. Pelo menos saberão que esta noite você está em segurança!

Encomendo meu sanduíche diretamente ao meu novo domicílio. Dou 20 pilas para um guarda de uniforme azul que me olha de lado — ele tem medo de gente malvada —, ele vai fazer minhas compras na esquina. Quando sua figura não me agrada muito, eu dou-lhe logo uma bronca.

— Pô, seu inútil, eu disse ketchup e mostarda, sem maionese! Você não é nem capaz de anotar uma encomenda. Essa polícia vai mal se for contar com gente que nem você!

Um mendigo fermenta seu vinho no canto da cela, um velho choraminga no outro. Ouço uma voz que vem das celas vizinhas.

— Sellou, cala a boca!

— Ei, senhor inspetor, o branquelo não me deu o troco.

E volta a voz, em um tom cansado:

— Ei, novato, devolva o troco...

O outro resmunga que não tinha a intenção de ficar com o dinheiro. Eu me divirto.

Como exerço minhas funções sempre no mesmo bairro, volta e meia caio nas mãos dos mesmos inspetores (ou melhor, são os mesmos inspetores que caem em cima de mim). Com o tempo, a gente acaba se conhecendo, somos quase íntimos. Às vezes eles me previnem.

— Sellou, toma cuidado, o tempo está passando... Você sabe que depois de seu próximo aniversário pode pegar uma pena dura.

Eu acho graça. Não por não acreditar neles: eu acredito, já que estão dizendo... Mas, por um lado, não tenho medo daquilo que desconheço, e por outro, tenho todas as razões para crer que a prisão não tem nada de aterrador. E que logo a gente é libertado. Vi isso com os Mendy, esses grupos de senegaleses que se divertem com as garotas. Eles estão sempre dançando por causa de estupro coletivo. São condenados a seis meses, no máximo. Depois saem alguns quilos mais gordos, um novo corte de cabelo e recomeçam o tráfico imediatamente, arrumando uma nova namorada. Só um deles pegou três anos certa vez, mas foi porque furou um olho da moça com uma barra de ferro. Foi realmente feio o que ele fez, mas, mesmo assim, sabemos que voltaremos a vê-lo em breve. Portanto, a prisão, francamente, não me assusta. Se fosse tão horrível assim, todos os que foram presos uma vez dariam tudo para não voltar. Sinceramente, posso saborear meu sanduíche tranquilo, acho que não há o que temer. Amanhã eu saio, os dias quentes estão chegando, as moças começarão a usar seus vestidos leves, eu vou retomar as paqueras, voltar a sair com meus camaradas, as noites de sono agitado entre Orsay e Pontoise, Pontoise e Versalhes, Versalhes e Dourdan-la-Forêt. Consegui juntar uma grana preta na minha conta bancária. Quase 12 mil francos. Tenho um lugar para me entocar em Marselha, outro em Lyon, ainda outro para os lados de La Rochelle. Vou tirar ótimas férias. Depois, veremos. Depois, não quero nem pensar.

– 13 –

Não comemorei dignamente meu 18º aniversário. Não me lembrei, estava ocupado fazendo outra coisa, sem dúvida. Mas tive a impressão de que os homens haviam anotado a data na agenda, pois não levou muito tempo para eles me encanarem. Apareceram bruscamente, quando eu menos esperava, visto que não tinha nenhuma razão para fugir nesse dia. Na verdade, estava a ponto de partir de férias, à beira-mar! Acabei dando uma de bobo alegre: não sabia que as denúncias apresentadas pelos turistas meses atrás podiam me atormentar durante anos. Eu vivia realmente como um animal selvagem, sem consciência do tempo que passava. Enquanto era menor de idade, não podia ser julgado por pequenos delitos e, portanto, não podia ser condenado. Com a maioridade, tudo mudava, e os atos que eu havia cometido quando ainda era menor, anotados em tinta vermelha no meu dossiê, não me eram nada favoráveis. Se eu tivesse entrado na linha depois de 25 de abril de 1989, quando completei 18 anos, eles nada poderiam ter feito contra mim. Totalmente inconsciente, despreocupado — um bobo alegre —, continuei a me comportar como sempre, quer dizer, mal, e isso não durou muito.

*

* *

Eu estava andando pelo corredor do metrô, estação Trocadéro, um corredor espaçoso e comprido, varrido pelo vento em qualquer época do ano, fazendo tremer os bonés na cabeça dos velhos e os lenços de seda no pescoço das mulheres. À minha frente, vi um casal se aproximando, os dois de jeans, ele com uma câmera fotográfica a tiracolo, ela vestida com um casaco impermeável bege. Hesitei um instante: essa câmera valeria a pena? Não, já havia conseguido uma boa grana nesse dia, podia dar um tempo. Fiz bem. Eram dois policiais à paisana. Quando passaram por mim, senti um braço contra meu cotovelo e uma mão que me segurava o pulso. Em uma fração de segundo, eu fui imobilizado por quatro caras (de onde eles tinham saído?), deitado de barriga no chão, algemado, e logo me ergueram nessa posição horizontal, me levando em direção à saída. No total, o lance durou alguns segundos. Um verdadeiro sequestro.

O cimento cinza, os chicletes amassados, as pernas finas plantadas em sapatos de salto agulha, calças plissadas sobre calçados de couro, tênis surrados onde sumiam canelas peludas, um tíquete de metrô usado, um velho lenço de papel, uma embalagem de Raider (duas barras de chocolate que cortam a fome), dezenas de guimbas de cigarros... Eu entendo por que o Superman nunca faz voos rasantes. Enfim, sou colocado de pé.

— Eu não conheço vocês! São novos na área? Por que estão me prendendo?

Eu espero ouvir a razão oficial de minha presença dentro daquele bonito veículo da polícia, tão limpinho e, principalmente, não quero dar algum motivo que ainda lhes é desconhecido para me levar em cana.

— Agressão e roubo. Nós vimos você ontem, tiramos até umas boas fotos. E também hoje de manhã, por falar nisso!

— É? E para onde estamos indo?

— Você vai ver quando chegarmos.

Mas na verdade, não, eu não vejo. Não conheço aquele lugar. Devem ter erguido um distrito policial fantasma, como no filme *Golpe de mestre*, com Paul Newman e Robert Redford. As mesmas paredes imundas, os mesmos funcionários desiludidos redigindo seus relatórios nas máquinas de escrever barulhentas, a mesma indiferença em relação ao réu... Eles me fazem sentar numa cadeira, o dono da mesa está ausente por alguns instantes, mas me avisam que logo estará de volta.

— Não tem problema, tenho todo tempo...

Aquilo não me preocupa mais do que nas vezes anteriores. Vão me soltar certamente em dois dias, no máximo. Aconteça o que acontecer, terei vivido uma experiência nova.

— Não vou explicar o procedimento. Você já conhece! — vocifera um inspetor de polícia, deixando-se cair pesadamente na cadeira à minha frente.

— Mas, sim. Explique assim mesmo...

— A partir de agora, você está detido para investigação. Vou fazer um interrogatório e tomar seu depoimento. Em seguida, o transmitirei para o procurador que decidirá sobre a acusação. Mas isso é praticamente certo.

— Ok.

Observo atentamente o casal do metrô que transita ali perto. Ele carrega ainda sua câmera a tiracolo, e ela retirou o impermeável. Não me dão a menor atenção. Estão cuidando de outras coisas, de outro malandro, outro caso infeliz.

Franceses, turistas, brava gente, durmam tranquilos. A polícia trabalha para sua segurança.

– 14 –

Do distrito policial, me transferiram para o Palácio de Justiça. O procurador me aguardava. Foi tudo bem rápido entre nós.

— Vejo no seu dossiê que o flagraram terça e quarta-feira na esplanade du Trocadéro praticando vários delitos contra diferentes turistas: furto de filmadora, uma câmera fotográfica, dois walkmen, agressão e socos em dois homens que tentaram reagir... Você reconhece os fatos que lhe são imputados?

— Reconheço.

— Você concorda em ser julgado imediatamente, assistido por um advogado designado pelo tribunal?

— Concordo.

Aos dois policiais que aguardavam ao lado da porta, ele disse:

— Obrigado senhores, podem levá-lo para o depósito.

O depósito fica no subsolo do Palácio de Justiça. A luz permanece acesa noite e dia, os relógios são confiscados. Fui jogado numa cela e, a partir daí, perdi a noção do tempo. Ele não passa rápido nem devagar, eu não me sentia impaciente nem ansioso. A França havia gentilmente me oferecido um pedaço de pão, uma fatia de camembert, uma laranja, biscoitos, uma garrafa de água. Meu estômago podia suportar essa dieta. Eu pensava: *o que quer que aconteça, terei sempre o que comer e beber. De qualquer maneira eu não controlava mais o curso dos acontecimentos.* Cochilei no meu colchonete, o terceiro, mais perto do teto. Estranhamente, nada me faltava.

*

* *

Os ruídos que chegam aos meus ouvidos não são familiares. Uns caras choram, gritam, batem na porta da cela: toxicômanos em crise de abstinência. Parece um asilo psiquiátrico. A cena que se desenrola aos meus pés é mais engraçada.

Estão ali dois árabes, um baixinho e magrelo, o outro grande e gordo. O primeiro anda de um lado para outro dentro do exíguo espaço, ele fala com o segundo, comportadamente sentado na cama inferior. O gordo e o magro da delinquência miúda:

— É terrível! Terrível! Minha mulher, meus filhos, eles nunca trabalharam. Como vão fazer sem mim? Se eu ficar meses na prisão eles não vão comer!

O gordo ri, mas parece gente boa, e procura tranquilizar o outro.

— Vamos, não se preocupe... Sua mulher, se precisar, vai trabalhar, ela vai dar um jeito! Seus filhos também! E quando voltar para casa, você vai encontrar sua conta no banco mais recheada do que está hoje!

— Ah, não sei, não. Não tenho certeza!

— Por que você está aqui, para começar?

— Por causa de uma carteira de dinheiro...

Nesse ponto, não consigo evitar soltar uma gargalhada. Tenho 18 anos e já pareço um às do banditismo comparado a esse cara, que poderia facilmente ser meu pai. Eu não digo nada, não estou a fim de fazer um inimigo, nem mesmo entre os fracos, mas acho lamentável ser preso aos 55 anos por ter batido uma carteira! E ainda por cima, o cara entra em pânico! Já é alucinante que ele esteja ali por tão pouco, ainda mais que fique atormentado. Custo a crer que a justiça francesa possa gastar um centavo de seu magro orçamento para julgar um *loser* como ele. Evidentemente, ele não está colocando o país em perigo, e se a prisão tiver um poder de dissuasão, é num cara assim que deve funcionar.

Logo vamos ver isso: a porta se abre e eles vêm nos buscar para um julgamento imediato. Somos levados os três, e também uma dezena de outros presos que se junta a nós no corredor. Subimos os degraus até o tribunal.

Nunca fui a um teatro na vida, mas já vi algumas peças na televisão, quando era pequeno: "cenário de Roger Harth e o figurino de Donald Cradwell..." E pronto, chegamos, estou pronto para improvisar. A encenação está bem sincronizada, os papéis são distribuídos criteriosamente. Há aquele que choraminga para sensibilizar os juízes. Aquele que assume uma expressão contrita, como numa confissão, pelo menos como eu imagino. Aquele que se contorce de dor, ou que finge sofrer, ainda que ninguém lhe dê atenção. Há o indiferente, que faz um biquinho e assobia discretamente. Há o extasiado do presépio, a gente se pergunta se não se trata de um idiota, feliz por se encontrar ali! E eu, enfim, com as mãos nos bolsos, acomodado em meu banco, aguardando minha vez, fingindo dormir durante as primeiras cenas. Com os olhos semifechados, observo, examino, me delicio. Novos espaços são preenchidos no meu inventário da humanidade, mas chego sempre à mesma conclusão: há muitos dominados, poucos dominantes, e os juízes não fazem parte obrigatoriamente da última categoria. Eles suam dentro das togas pretas, soltam suspiros diante de cada novo caso, mal olham para o réu que se aproxima, bocejam durante o breve discurso do advogado de defesa (chamar isso de argumentos de defesa constituiria uma ofensa aos advogados que admiro e respeito sinceramente). O juiz emite sua sentença e bate o martelo.

— Próximo caso!

Ele parece querer acabar o mais rápido possível. Eu o observo e pergunto se valeu mesmo a pena suportar anos de estudos para estar ali, numa sala empoeirada, sentado numa cadeira desconfortável, dando lições de moral aos Mohamed que se aposentaram precocemente e batem carteiras nas ruas. Aliás, quanto estudo é preciso aguentar para chegar àquele ponto? Os jovens burgueses do 16º *arrondissement* vivem falando em estudar "direito na faculdade de Assas". Mas em que consiste o direito? O direito, meu direito, é tudo aquilo que decido para mim. Estou com 18 anos e algumas semanas, ando bem-vestido com meus agasalhos Lacoste, ganho tranquilamente as moças fáceis nas noitadas que frequento, roubo o Volvo do papai, vou comer frutos do mar na Normandia, largo o carro à beira da estrada quando o tanque está vazio e volto a Paris de carona. Ainda não aprendi nada.

Um homem sai da sala de audiência entre dois policiais, chorando como um bebê. Já está quase na porta e ainda implora.

— Senhor juiz, eu juro, não farei isso nunca mais.

O juiz nem o ouve, o senhor juiz já está ocupado com outro caso. É a vez do extasiado do presépio, acusado de ter arrebentado o guichê de uma estação do metrô lançando uma lata de lixo contra o vidro.

O advogado intervém rapidamente.

— Senhor juiz, peço sua atenção para o fato de meu cliente ter cometido esse gesto infeliz num momento em que nenhum funcionário da RATP se encontrava atrás do vidro. Ele sabia, portanto, que não machucaria ninguém.

— Com certeza, Excelência...

Excelência? Já? O juiz provavelmente se esqueceu do nome do advogado. Ele se dirige ao réu:

— Nos últimos seis anos, o senhor passou mais de cinco na prisão, sempre pelo mesmo tipo de crime. Explique por que não recomeçaria mais uma vez?

— Senhor juiz, eu não tenho família. A vida é dura lá fora...

— É isso, então? Pois bem, o senhor vai se tratar na prisão... Seis meses de encarceramento.

Só faltou perguntar ao acusado se ele concorda com a pena. O cara não está mais extasiado, está exultante agora.

O velho que havia furtado uma carteira é liberado. Para mim, serão 18 meses de detenção, dos quais oito em condicional e encarceramento imediato, à saída da audiência. O julgamento foi realizado em poucos minutos. Admito os fatos que me imputam, com a mesma inconsciência, o tribunal não quis saber de mais nada e, na verdade, não havia mais nada a ser revelado.

Dez meses de prisão, portanto, nem mesmo um ano. A sentença não me preocupa. Sinto-me quase aliviado também, como o sem-teto que procura abrigo e um pouco de calor. No que me diz respeito, é com uma cama que eu sonho. Sumir por algum tempo. Pelo menos, me eclipsar. Haverá sempre um colchão para mim no conjunto de Beaugrenelle, e lençóis limpos, com perfume de lavanda ou de rosa, mas não apareço na casa de meus pais há meses. Ainda que não demonstre meu respeito por eles, tomo cuidado para não entrar lá de manhãzinha, na cara de pau, ébrio dos socos dados ou tomados durante a noite. A hora em que perco o fôlego é quando meu pai se levanta. Ele bebe seu café sozinho na cozinha, se preparando sem alegria para mais um novo dia de trabalho, ele está velho, cansado. Já faz algum tempo que considero indecente da minha parte me jogar nos lençóis passados a ferro por Amina.

Não aguento mais isso. Dormi demais nos trens suburbanos. Estou morto. Quero um cobertor, uma refeição quente, quero assistir aos desenhos animados na TV domingo à noite. Pronto, vamos nessa, rumo a Fleury.

– 15 –

Bem-vindo à casa de repouso.

O dia começa vagarosamente com as informações no rádio. Às 8 horas, um jornalista fluente como uma metralhadora relata que um trem descarrilou em Doubs, deixando quatro pessoas levemente feridas. Os passageiros em estado de choque foram socorridos pelo corpo de bombeiros. Vitória. Alain Proust venceu o GP dos Estados Unidos. A previsão do tempo para o fim de semana: sol, algumas nuvens do nordeste e risco de tempestades, a temperatura deve ficar dentro da média esperada para o período. Volto lentamente à superfície; o apresentador cede seu lugar a uma canção horrível de Jean-Jacques Goldman, mas isso não me incomoda: durante o dia, vou escutar três ou quatro repetições de *La Lambada*, o sucesso do verão, pelo que dizem. Pelo menos, fazem tudo para nos convencer disso...

As trancas são abertas. Eu me espreguiço e massageio a nuca, bocejo até quase deslocar o maxilar. O café deve estar chegando, dá para escutar o carrinho avançando no corredor. Estendo minha tigela e pego minha bandeja, voltando para a cama. É o intervalo publicitário na rádio Chéri FM. Um coro de mocinhas comemora porque os sapatos custam apenas 190 francos. Segundo elas, "só sendo louca para gastar mais do que isso". E se eu lhes dissesse que conheço um bocado de artimanhas para não gastar dinheiro algum? Preparo minha fatia de pão, a margarina derrete como pequenas lentilhas amarelas na superfície... Café da manhã na cama, o que mais o povo quer? Um pouco de silêncio talvez. Eu abaixo o máximo possível o volume do rádio, que vai transmitir uma serenata até apagarem as luzes. Impossível fazer com que se cale totalmente. Liane Foly, Roch Voisine e Johnny Hallyday representam a pior tortura infligida aos detentos de Fleury-Mérogis. Um suplício equivalente àquele da água gotejando. Seria de enlouquecer, se não fosse possível encobrir os miados asmáticos de Mylène Farmer pelo barulho tranquilizador da televisão. Eu sou rico: cheguei com mais de 12 mil francos, e são necessários apenas 60 francos mensais para alugar um aparelho de rádio! Eu aproveito. A televisão capta seis canais, incluindo o Canal+. Está na hora do programa de telecompras.

Pierre Bellemare gostaria que eu telefonasse. Quer me vender formas para waffles. Percorro com o olhar toda minha cela, não preciso me deslocar. *Lamento, seu Pierre, mas não tem mais lugar para açúcar de confeiteiro dentro do meu armário.* Está cheio de maços de cigarros (para os ávidos recém-chegados, porque eu não fumo) e biscoitinhos Pepito (para meu lanche). Quando preciso fazer compras, dou o número da minha matrícula, que é também o número da minha conta. 186 247 T. Sou debitado automaticamente, na fonte, sem impostos, sem contribuição social obrigatória. Vou melhorando o básico, já não posso me queixar. Quando cheguei, fui acolhido por Ahmed, um camarada do conjunto de Beaugrenelle. Como estava prestes a sair, ele me passou todo o material necessário: esponja e sabão em pó Saint-Marc, o espelhinho retangular emoldurado de plástico cor-de-rosa, um sabonete suave, o CD player, com fone de ouvido, é claro, a garrafa térmica para conservar a água fresca ou o café aquecido.

Antes ilimitado, meu mundo ficou reduzido a alguns metros quadrados. Não preciso mais do que isso para respirar. No meio da manhã, um guarda me convida a sair para o pátio e respirar ar fresco. Não é uma obrigação, posso continuar à espreita de um bom negócio no programa de vendas do velho bigodudo. Mas não, eu gosto muito de dar uma saída. Com frequência, é uma boa ocasião para fazer negócios. Para os fumantes de Gitanes que acabam de chegar, é mais cruel o desmame. Com um pouco de sorte, cruzaram com um guarda complacente quando estavam no distrito e puderam queimar um ou dois cigarros, mas ainda estão longe de suas doses habituais. Dá para identificar os novatos facilmente: usam o uniforme que lhes deram ao entrar, ainda não tiveram tempo nem oportunidade de receber de fora roupas pessoais. Eles seguem a esteira das espirais de fumaça que exalam os detentos já estabelecidos, e se precipitam para apanhar as guimbas que são dispensadas com desdém. A negociação pode ter início.

— Oi, eu me chamo Abdel. Você quer cigarro?

— Eu sou Ousmane. Claro que quero! O que você quer em troca?

— Essa sua jaqueta jeans Levi's é original?

— Não vai caber em você, é grande demais.

— Não se preocupe, darei um jeito... Quatro maços pela jaqueta.

— Quatro! Abdel, meu irmão, você acha que eu sou otário? Francamente, ela vale pelo menos trinta.

— Eu dou seis, mais nada. É pegar ou largar.

— Seis... Só dá para três dias.

— É pegar ou largar.

— Ok, aceito.

A transação não pode ocorrer durante o passeio no pátio externo: é proibido pelo regulamento. Será finalizada mais tarde, através de um sistema bem azeitado que chamamos de ioiô, ignorado pelos guardas penitenciários. Até mesmo os detentos que não estão envolvidos acabam participando: primeiro, porque isso ajuda a passar o tempo, segundo, porque todo mundo pode precisar de alguma coisa um dia, e finalmente porque se recusar a participar significa se excluir definitivamente de nossa comunidade. Eu enrolo os cigarros dentro de um pano, prendo tudo a um lençol que passo pela janela e começo a balançar da direita para a esquerda. Quando o movimento ganha amplitude suficiente, meu vizinho pode pegar o embrulho. Por sua vez, ele o passa a seu vizinho de cela, que reproduz o mesmo gesto, e assim por diante até que a encomenda chegue ao destinatário. O último amarra a jaqueta na ponta do lençol e a faz passar na outra direção. Acontece às vezes de o tecido rasgar ou então um prisioneiro desajeitado deixá-lo cair. E a mercadoria acaba sobre os arames farpados lá embaixo, perdida para todos e para sempre... Para evitar esse tipo de incidente, o melhor é se certificar de que sua cela não está longe demais da de seu parceiro de negócios.

Chega a hora da cantina. E logo depois, a sesta. Amanhã, dia de visitas. Meus pais vêm me ver uma vez por mês. Não nos dizemos nada.

— Tudo bem, filho? Está aguentando?

— Tranquilo!

— E os outros, na sua cela, eles deixam você em paz?

— Tenho um quarto individual. Assim é melhor para todo mundo... Está tudo bem, estou falando, é maneiro aqui!

Não nos dizemos nada, mas não lhes escondo a verdade; meus dias são de tranquilidade em Fleury-Mérogis. Estamos entre nós, aqui. Mendigamos, roubamos, agredimos, às vezes, traficamos, corremos, vacilamos e dançamos. Nada sério. Alguns se gabam de terem sido presos por assalto, mas ninguém acredita. Os caras maus mesmo estão presos em Fresnes. Um cara chamado Barthélemy se vangloria de ter levado uns diamantes de uma loja na place Vendôme. A gente morre de rir: sabemos que ele está preso por ter arrancado um sanduíche de linguiça com fritas das mãos de um otário de gravata lá na Défense. Foi condenado por "prejuízo moral", eu adoro isso!

Na parte da tarde, em horas fixas, aumento o som do rádio para escutar as notícias. Ouço que os policiais do RAID caíram na cilada de um maluco em Ris-Orangis. Acreditando que seus colegas tinham conseguido explodir a porta do apartamento onde o cara tinha se entrincheirado, vários oficiais armados até os dentes entraram pela janela. O louco esperava por eles; agente de segurança, ele também estava equipado para matar. E atirou primeiro. Com isso, o galinheiro perdeu dois franguinhos. Não fico contente com isso, mas tampouco lamento por eles: eu não estou nem aí. Este mundo é absurdo, está cheio de doidos e tudo me leva a crer que eu não sou o mais temível, longe disso. Abaixo o som e volto a ligar a TV. Charles Ingalls serra um pedaço de madeira, seus meninos atravessam a pradaria correndo, Caroline atiça as brasas na lareira da casinha. Eu adormeço...

Estou bem aquecido. Fleury é uma colônia de férias. O Club Med dos *bronzeados* sem sol e sem garotas. Os guardas, esses gentis organizadores, fazem tudo para não nos contrariar. Os golpes de cassetete, os insultos, as humilhações, eu só vi nos filmes, mas aqui, depois da minha chegada, nunca. Quanto ao famoso "lance do sabonete", durante o banho, é pura lenda ou um fantasma, não sei. Tenho dó dos guardas: estão condenados a passar o resto da vida aqui. Só saem destes prédios cinzentos à noitinha, para entrar em outro prédio não muito mais festivo. A única diferença é o lugar das trancas: na casa deles, fecham-se por dentro, protegendo-se de vilãos como nós que ainda não estão presos. Aqui, ou em outro lugar, os guardas de prisão vivem trancados. Os detentos contam os dias que precedem a saída, os guardas contam os anos antes da aposentadoria...

Ao chegar, eu também contei os dias. Bastou uma semana para entender que era melhor parar, deixar o tempo correr, viver cada instante sem pensar no seguinte, como de hábito... Eu me tornei sociável, consegui causar boa impressão nos meus vizinhos. Entre duas celas, a parede tem sempre um buraco de 8 a 10 centímetros de diâmetro, à altura da cintura. Ele permite conversar, passar cigarros ou isqueiros, mas também para deixar o vizinho aproveitar a televisão, se ele não tiver uma. Basta colocar o espelho sobre um banco de maneira que ele reflete a imagem. O outro assiste ao filme numa posição meio desconfortável, o olho colado no buraco, e precisa se esforçar para escutar os diálogos, mas é sempre melhor do que nada. Todo primeiro sábado do mês, o Canal+ apresenta filmes pornôs. Alguns minutos antes do início, todos os prisioneiros ficam tamborilando nas portas, sobre as mesas, no chão. Não é para manifestar uma necessidade irreprimível de evasão, certamente. Por que, então? Não tenho a menor ideia. Participo da batucada com os outros, me divirto ouvindo todo mundo, embora, com frequência preferisse que todos parassem. Em Fleury-Mérogis nunca há silêncio. Jamais. Exceto durante o filme pornô mensal. Assim que começa, ninguém mais se mexe.

Aprendi a me livrar do barulho ambiente criando minha própria música. Ela se alimenta dos filmes, antes de tudo. *Era uma vez no oeste* foi lançado dois anos antes da chegada do divino Abdel ao mundo. Felizmente, meu faroeste preferido é retransmitido com frequência e eu nunca deixo de assistir. À força, aprendi certas réplicas de cor: "Eu lhe disse para intimidá-los, não para assassiná-los!" A réplica sangrenta do outro: "A gente fica muito mais intimidado quando está morrendo." Ou então: "Eu vi três casacos como esse, hoje de manhã, na estação. Nos três casacos havia três homens. E nos três homens, havia três balas." É demais, não? Às vezes acabo assistindo a um filme mudo de Charlie Chaplin, eu rio tanto que os guardas ficam preocupados com minha saúde mental. E também rio muito quando escuto as notícias transmitidas no rádio e na televisão. Em Creil, três meninas foram para escola cobertas com um véu da cabeça aos pés, e os franceses logo pensam que estão no Irã. Literalmente entram em pânico. As novidades são tão lastimáveis que é melhor levar tudo na brincadeira.

Já caiu a noite, a luz e a televisão se apagam sozinhas depois do segundo filme. O ano já chega ao fim, quase terminei minha pena, se levarmos em conta a remissão da sentença. Devo ter engordado uns 10 quilos, deitado o dia todo como um velho paxá. Não fico muito bem assim, mas não me preocupo: sei que os negócios me aguardam lá fora, que será preciso estar em forma novamente, reagir com rapidez, correr bastante e por muito tempo. Acabarei emagrecendo. Em junho, no tribunal, reconheci as acusações que me fizeram porque achei que poderia rever o sol mais rapidamente se falasse logo a verdade. Mas o fato é que bastaria ter negado tudo para que me pusessem em liberdade, aguardando o desenrolar do processo. Eu poderia então sumir, me esconder com meus camaradas ou com a família, na Argélia. Teria sido um equívoco, pois eu teria perdido uma experiência interessante e nem um pouco traumatizante.

*

* *

No dia 9 de novembro, estendido em meu leito, fico sabendo pela voz de Christine Ockrent que um muro divide a Europa há 28 anos. Os jornais abordam todos os lados do acontecimento: a cortina de ferro balança. Logo vejo pessoas destruindo os blocos de cimento e se abraçando às ruínas. Um velhinho toca violoncelo diante dos grafites. O Leste e o Oeste eram então perfeitamente impermeáveis um ao outro, até esse dia. Não era uma invenção dos roteiristas de Hollywood, e James Bond, se existisse, lutaria realmente contra os espiões soviéticos...

De repente, me pergunto em que planeta eu vivia antes de Fleury-Mérogis. Trancado na minha cela há seis meses, descobri o mundo. Um absurdo, com certeza. Aqui, os guardas me chamam de "o turista", porque levo tudo na boa. Tenho um ar despretensioso de alguém que está apenas de passagem.

Por sinal, a passagem está concluída, e vou embora. Obrigado, meus camaradas. Descansei e estou pronto para mergulhar novamente no caldeirão do vale-tudo. Em Berlim, no Trocadéro, em Châtelet-Les Halles, no subsolo de Orsay, me parece que a desordem está por todos os lados. E se for preciso voltar a Fleury-Mérogis, pois bem... eu voltarei.

– 16 –

Só precisei de algumas semanas... Um bom punhado de dias e noites durante os quais eu não me aborreci. Logo depois de recuperar meu relógio e os cadarços dos sapatos, voltei aos negócios. Havia cada vez mais walkmen de bobeira em torno da torre Eiffel, e os engenheiros muito inspirados tinham trabalhado com afinco para aperfeiçoar a qualidade das filmadoras que, por sinal, pesavam cada vez menos. Na Argélia, a Frente Islâmica de Salvação, a FIS, começava a estragar o ambiente. Meu irmão Abdel Ghany, o outro "filho" de Belkacem e de Amina, aproveitou para retornar a Beaugrenelle. Ele não tinha documentos e precisava ganhar a vida: eu o contratei no Trocadéro. Lá, descobri que um cara chamado Moktar aproveitara para tomar meu lugar. Eu o depenei com o auxílio de alguns fiéis aliados, só para lhe fazer entender que ele precisava sair dali rapidinho. Moktar resolveu pegar meu irmão e usá-lo para me impressionar.

Medroso como sempre, Abdel Ghany me preveniu: ou eu lhe cedia o território, ou ele acabaria com meu gentil maninho! Ele não voltara a Paris para isso... Eu pensei no meu filme predileto *Era uma vez no oeste*: intimidar, não assassinar... Escolhi na rede de camaradas o maior africano, o mais forte — e o mais bem equipado —, Jean-Michel. Juntos, fomos fazer uma visita ao meu rival. Ele se encontrava cercado por uma dezena de capangas, dos quais alguns tinham trabalhado para mim no passado, e também havia uma bela moreninha.

— E aí, Abdel, você vem nos ver assim, sozinho? Você é suicida ou apenas doido?

— Eu não estou sozinho. Olhe!

Jean-Michel sacou sua pistola de chumbinho e os subalternos evaporaram na paisagem. Mas a garota não, excitada pela curiosidade. Deixamos Moktar de cueca, tremendo de medo e de frio bem no meio da esplanada dos Direitos Humanos. Eu falo de um tempo em que a brava gente mudava calmamente de vagão quando uma briga começava dentro do metrô. Ali, ao pé do Palais de Chaillot, a galera se dispersou do mesmo jeito, um pouco espantada com o espetáculo. A garota veio conosco. Nunca mais vimos Moktar.

Eu havia acabado de sair da prisão, maior de idade, responsável perante a lei por todos os meus atos e gestos. Pela primeira vez na minha vida, não havia mais juiz, educador, professor, nem pais. Nenhum adulto me estenderia mais a mão e me encheria os ouvidos de bons conselhos. Se quisesse me tornar um novo Abdel, após minha estada em Fleury-Mérogis, eu teria de encontrar alguém para me ajudar.

Bastaria solicitar. Belkacem e Amina não tinham me virado as costas: quando iam me ver na prisão, pouco antes da minha soltura, eles me davam conselhos, comportando-se exatamente como os pais devem se comportar quando os filhos saem dos trilhos. Eu aguardava até que seu discurso se esgotasse... E continuava igualmente inconsciente.

Meus heróis sempre se safavam. Terminator recebia uns golpes, mas mantinha-se de pé. Ninguém podia vencer o Rambo. James Bond se esquivava dos tiros, Charles Bronson fazia apenas uma careta quando era atingido. Mas eu não me identificava com eles: antes, eu via a vida como nos desenhos animados. A gente cai de um penhasco, fica achatado como uma massa de crepe e se levanta. A morte não existe. O sofrimento não existe. No pior dos casos, ficamos com um inchaço na testa e estrelinhas girando em volta da cabeça. A gente se recupera imediatamente e recomeça os mesmos erros.

Foi isso que fiz. Retomei meu lugar no Trocadéro, não percebi que os guardas estavam de olho em mim e, dessa vez, eu nem os vi chegando. Vamos voltar para lá? Vamos.

– 17 –

A França é um país maravilhoso. Ela podia ter desistido, me considerado um caso perdido para a sociedade e para mim mesmo, e me deixado afundar na delinquência. Mas ela resolveu me oferecer uma nova oportunidade de me comportar como um rapaz honesto. E eu a aproveitei. Aparentemente, pelo menos. A França é um país hipócrita. Enquanto a gente se mantém discreto, ela permite todas as fraudes, todas as vigarices, todos os tráficos. A França é um país cúmplice de seus cidadãos mais devassos. Eu aproveitei, sem a menor vergonha.

Alguns meses antes do final da minha pena, um educador se interessou pelo meu caso. Ele veio me ver, bem cordial, para me propor outra saída que não fossem os roubos e as agressões: uma profissão! Assim, lá onde a escola fracassara, a justiça e seus enviados especiais pensavam ter sucesso.

— Sr. Sellou, vamos lhe achar um estágio. A partir do mês que vem, o senhor sairá de Fleury-Mérogis para um centro de liberdade parcial situado em Corbeil-Essonnes. O senhor será obrigado a se apresentar ao trabalho todos os dias e voltar para dormir no centro todas as noites, exceto nos fins de semana, quando poderá visitar sua família. Avaliaremos sua situação várias vezes durante o estágio e resolveremos em seguida o que fazer.

Amém. Aquilo que esse educador queria, eu podia também fingir que queria. Mas na prática, eu não imaginava, sequer por um segundo, ceder ao protocolo. Era preciso ser tremendamente ingênuo para acreditar que um garoto que jamais obedecera a seus pais, a seus professores e aos policiais pudesse descobrir de repente que sua salvação passava pela obediência! Que argumentos, aliás, me davam para que eu acreditasse nisso? Nenhum! Dito isso, aquele branquelo de terno e gravata tinha motivos para economizar a saliva... Eu escutara atentamente seu discurso. Tinha ouvido a palavra liberdade. Mas havia outra em seguida: PARCIAL. Esta eu esqueci imediatamente. Tinha me dito também que eu dormiria onde quisesse nos fins de semana. Isso significava que eu sairia de Corbeil-Essonnes sexta-feira de manhã, e que só retornaria na noite de segunda. Quatro dias solto... Topei imediatamente.

*

* *

Três semanas depois do início do estágio — em eletricidade, como papai! —, o educador me convoca.

— Sr. Sellou, há algum problema no seu estágio de formação?

— Eh... não. Não vejo nenhum.

— No entanto, me disseram que o senhor não comparece há quatro dias.

Eu logo entendi o problema: nunca fui ver como se manipulam os cabos, os interruptores e os disjuntores. Foi um camarada que eu mandei no meu lugar. Mesmo tamanho e mesma corpulência: ele se parece comigo e eu mesmo nunca pareço comigo nas fotografias. O subterfúgio funcionou muito bem, até esse camarada começar a faltar ao estágio de formação... Ele poderia ter me prevenido, pelo menos! Era preciso resolver isso com ele. Nesse meio-tempo, era ao educador que eu devia prestar contas. Precisava enrolar o cara.

— Na verdade, eu não gostava muito do ambiente, entende? Já não é fácil fazer um esforço para se reintegrar, mas quando a gente começa a escutar piadas racistas...

— E o que o senhor pretende fazer, então? Se não comparecer mais ao estágio, não poderei mantê-lo em regime de liberdade parcial. Será preciso retornar a Fleury-Mérogis.

Uau! O branquelo pensa que me assusta! Ele não deve saber que a cama é mais macia em Fleury-Mérogis do que em Corbeil. Escondo meu orgulho, adoto uma expressão contrita e lhe imploro.

— Me dê uma semana para encontrar outro estágio. Por favor, senhor...

— Uma semana, nem um dia mais.

Ha ha! Ainda por cima o cara pensa que é durão.

— Uma semana, eu prometo.

O que me incomoda em Corbeil é que não há televisão nos quartos. Chegamos à noite, às 21 horas no mais tardar, assinamos um registro diante de um vigia uniformizado com uma expressão tão importante que parece o gendarme de Saint-Tropez*... No dia seguinte, as portas se abrem ao amanhecer para permitir que aquela gente corajosa chegue na hora ao batente. Entre uma coisa e outra, nada a fazer. Nadica de nada.

Folheei os anúncios. Uma rede de pizzaria procurava entregadores em domicílio. Eu já havia roubado muitas motocicletas e sabia pilotar, e já havia corrido o bastante pelas ruas de Paris para conhecer cada *arrondissement* como a palma da minha mão. Consegui o emprego. Durante alguns dias, enchia de pizzas o compartimento da minha moto, tocava as campainhas, ficava fulo na porta dos prédios quando ninguém abria, confundia os códigos de acesso, defendia minhas quatro queijos contra os safados que se recusavam a pagar, oferecia margueritas aos sem-tetos do bairro. Consegui obter um certificado que entreguei com um sorriso angelical ao educador.

— Bravo, Sr. Sellou. Espero que consiga perseverar.

— Sem problema. Resolvi até passar às coisas mais sérias.

Ele fica espantado.

— O que o senhor quer dizer?

— Bom... Quero dizer que tenho ambições. Que não penso em continuar sendo entregador a vida toda. Já comecei a ajudar o gerente da loja.

— Então, boa sorte. Do fundo do coração, boa sorte.

Ele não tem dúvida de que eu irei longe, muito longe.

---

* Filme com Louis de Funès. (*N. do T.*)

– 18 –

Eu me fiz passar por empregado exemplar para ganhar a confiança da direção. Mostraram-me como funcionava o sistema da rede, desde o recebimento dos pedidos e seu encaminhamento à casa do cliente até a transmissão da receita, toda noite, após o fechamento do caixa. Rapidamente, subi de posto na primeira filial que me empregou. Observei com atenção e tomei nota das falhas do sistema: apesar das aparências e das supostas lições da prisão, o *petit* Abdel não tinha mudado. Ele buscava apenas uma nova maneira de fazer negócios.

Depois de ter sido preso novamente no Trocadéro, eu havia entendido que era necessário pensar em outro comércio. Paris mudara desde meados dos anos 1980 e dos meus tráficos de relógio e câmeras. A segurança havia sido reforçada para permitir aos turistas aproveitar serenamente sua estada, e a polícia, ainda que tivesse levado tempo para isso, havia se adaptado aos vigaristas da minha espécie. O tom começava a endurecer entre os traficantes, que queriam cada vez mais. A droga se tornava o meio mais eficaz de se ganhar muito dinheiro. Esse esquema despertava muita cobiça, e as armas entraram em cena... Ainda não era o caso de ver os caras passeando com Kalachnikovs pelos conjuntos habitacionais como se fossem simples cãezinhos, o que se tornou frequente, hoje em dia, mas as gangues começavam a se formar e buscavam de todas as maneiras um meio de impressionar umas as outras. Era preciso defender seu território. Os magrebinos já não se relacionavam tão naturalmente com os negros. A ascensão da FIS, na Argélia, causava medo aos franceses. Os jornais narravam atos de barbárie. As pessoas começaram a nos olhar com uma expressão sombria, nos tratando quase como selvagens. Realmente, eu precisava arrumar uma nova orientação, rapidinho.

*

* *

Em Corbeil-Essonnes, conheci um toxicômano também em liberdade parcial. Ele roubou um Citroën AX para ir trabalhar. Durante duas ou três semanas, ele me deixava na entrada de Paris todas as manhãs. Depois, ele sumia com o carro e eu tomava o trem do subúrbio. Encontro-me no lugar dos trabalhadores honestos que me observavam dormir, deitado no banco, apenas dois anos antes.

Na sua loja no Quartier Latin, Jean-Marc, o gerente, não sabe mais o que fazer. Seus entregadores voltam frequentemente a pé e com os bolsos vazios. Houvera uma limpa num dos prédios, alegam eles. Mais provável que tenham vendido a Mobilete, com frequência em troca de haxixe, guardado o lucro para si mesmos e dividido as pizzas com seus camaradas. Como provar? Jean-Marc não é otário, mas não tem como reagir. Não se pode despedir um entregador porque ele foi vítima de agressão. Não se pode dar queixa contra ele porque sua história é inverídica. Jean-Marc suspira profundamente e pede à sede da empresa para lhe enviar bem rápido um novo ciclomotor. Eu não tomo parte nas manobras desprezíveis do restante da equipe, não digo nada, mas isso não pode continuar: elaborei um plano de reconversão e a presença desses gatunos espertinhos me impede de colocá-lo em prática. Converso com o gerente.

— Jean-Marc, esses caras estão fazendo você de otário.

— Eu sei, Abdel, mas não tenho saída!

— Escute, é bem simples. São 10 da noite. Você telefona para cada um e lhes diz que não precisará deles hoje. Amanhã, faz a mesma coisa. E depois de amanhã. E aí, daqui a três dias, manda uma carta de demissão por ausência no trabalho, ou algo parecido.

— Tudo bem, mas quem vai fazer as entregas enquanto isso?

— Eu cuido de encontrar os substitutos.

Se os policiais, por vezes, carecem de eficácia contra a bandidagem é porque eles não empregam os mesmos métodos... Eles não preveem o mal, não o veem chegar, e os meios são desiguais. Eu estou armado para enfrentar os vigaristas. É normal: sou como eles! Eles cresceram em La Chapelle, em Saint-Denis, em Villiers-le-Bel, em Mantes-la-Jolie, pouco importa. Frequentamos a mesma escola, a dos conjuntos habitacionais populares.

Consegui fazer a faxina. Como num passe de mágica, os entregadores não lamentam mais nenhuma agressão, a receita volta intacta todas as noites. Ela está por conta de Yacine, Brahim e alguns outros dos meus futuros cúmplices. Eles já desempenham seus papéis também, se comportando adequadamente durante algumas semanas. Eles sabem que podem confiar em mim para melhorar suas vidas em breve. Enquanto isso, se empanturram de pizza de graça, e já estão bem contentes!

Havia uma série da qual eu gostava muito, quando era pequeno: *Esquadrão classe A*. No golpe da pizzaria, eu sou ao mesmo tempo Templenton, o bonitão que se dá bem em todas, e Hannibal, aquele que fecha cada capítulo dizendo uma frase que se tornou cult: "Eu adoro quando um plano sai sem problema." Eu começo a substituir Jean-Marc em suas folgas. E quando a direção o convoca para tomar conta de outra filial, assumo seu lugar, com os aplausos de todos. O caminho está liberado.

Em 1991, a contabilidade ainda é efetuada no papel. Na minha pequena pizzaria, utilizamos os blocos, quer dizer, camadas de folhas numeradas e duplicadas. Coloca-se um carbono e assim se obtém uma cópia do pedido. Um exemplar serve de recibo para o cliente, o segundo vai para a sede, que é notificada com precisão sobre tudo o que foi vendido e, consequentemente, a receita que cada filial deve entregar.

Meu plano é bem simples: vender pizzas sem declará-las. Quando o cliente telefona pedindo duas ou três pizzas, basta perguntar se ele quer um recibo. Quando se trata de uma família pequena ou de dois ou três estudantes, a gente nem sequer pergunta. No caso de uma entrega ser feita numa empresa, fornecemos sistematicamente a notinha. À noite, enfio as cópias de carbono dos recibos num envelope destinado à direção, assim como a receita correspondente. O restante é nosso.

Evidentemente, é preciso também justificar a utilização da matéria-prima. Nada mais simples: toda manhã, quando um fornecedor traz as massas, as embalagens de presunto e os litros de molho de tomate, eu lhe ofereço um café. Enquanto isso, Yacine e Brahim retiram discretamente de dentro do caminhão os ingredientes de nossas pizzas fantasmas. Há outro método que se revela eficaz: os falsos pedidos, todos obviamente anotados nos blocos. Eu imagino, por exemplo, que um gaiato chamado Jean-Marie Dupont de Saint-Martin telefona pedindo uma dezena de pizzas gigantes de todos os tipos. Só que, no endereço fornecido, meu entregador dá de cara com uma clínica odontológica onde ninguém pediu coisa alguma. É claro que não fomos até lá e as pizzas não foram preparadas. Contudo, a direção, após receber meu relatório, as coloca ingenuamente na coluna de perdas.

*

* *

Dois caras vêm falar comigo na pizzaria.

— Temos um negócio a propor: dispomos de um lugar comercial vazio aqui perto. Vamos comprar um forno de pizza, uma Mobilete, contratamos um entregador. Quando você receber os pedidos aqui, você nos transmite e nós garantimos a entrega. E depois dividimos. Metade para cada um.

Eles investiram uma pequena fortuna no material, registraram a empresa na prefeitura. Coloquei uma colega no telefone e seguimos em frente. Em pouco tempo conseguimos fazer uma bela receita e, depois, repentinamente, ela começou a diminuir. Tive então a ideia de digitar o nome da empresa no Minitel*. Descobri que tinham aberto uma segunda loja, sem me dizer nada. Eu tinha as chaves da matriz. Fui até lá à noite, desmontei o forno, um modelo Baler-Sprite de 30 mil francos, levei os ciclomotores e vendi tudo em peças separadas. Meus associados não podiam fazer nada contra mim: não tínhamos assinado nenhum contrato, meu nome não constava em lugar nenhum. Logo em seguida, foram à falência. E essa história não chegou sequer a me divertir.

Eu e meus camaradas ficamos contentes. Não precisávamos de muito. A categoria de pequenos farsantes nos convinha muito bem. Não queríamos botar a mão em milhões de francos, não nos considerávamos tão mais malandros que os outros, apenas nos divertíamos com nossos golpes sem maldade para depenar a sociedade. Em nosso grupinho, ninguém bebia, ninguém se drogava. Não nos sobrecarregávamos com bagagens inúteis. Principalmente, sabíamos que não mataríamos por dinheiro e não queríamos ingressar na

---

* Terminal eletrônico de consultas comerciais usado na França, antes dos computadores. (*N. do T.*)

categoria dos verdadeiros durões. Buscávamos o prazer em todas as suas formas. Arrumávamos namoradas entre nossas clientes. Depois do fechamento da loja, partíamos para as casas das estudantes para o segundo turno. Entre nós, fazíamos uma pequena competição: quem conseguiria ganhar a mais bonita. Fazia calor nos quartos de empregada. Brahim tinha sua técnica: persuadia as garotas de que tinha o dom da vidência e previa para as moças que elas fracassariam em suas provas no final do ano, infelizmente. Ele esperava poder consolá-las. Sua estratégia nem sempre funcionava. Os pássaros de mau agouro não são bem-vistos pelos intelectuais. Eu, de minha parte, lhes fazia rir. Existe um ditado na França que é mais ou menos assim: mulher que ri à toa vai para cama numa boa.

Eu acordava com muita dificuldade pela manhã, e me achava bastante imbecil de continuar a me obrigar a isso. Trabalhar é muito cansativo. Adotando ou não os meios legais, é cansativo. Eu estava começando a não aguentar mais. Tinha medo de acabar me assemelhando às pessoas honestas que eu considerava idiotas. Além disso, a rede de pizzarias começou a equipar todas as filiais com computador. Era o fim do golpe dos blocos de pedidos. Pedi demissão. Fui até a agência do Ministério do Trabalho com meu contrato. Sem fazer o menor esforço, iria receber durante dois anos um valor quase equivalente ao meu salário oficial. Eu não tinha o menor escrúpulo em tirar vantagens do sistema.

Nesse período da minha vida, eu era como o Driss, meu personagem no filme *Intocáveis*. Despreocupado, alegre, preguiçoso, vaidoso, explosivo, mas não era realmente malvado.

– III –

Philippe e Béatrice Pozzo di Borgo

– 19 –

Servir hambúrgueres. Carregar e descarregar caminhões nos depósitos. Recomeçar. Encher um tanque de gasolina, dar o troco, embolsar a gorjeta. Quando há alguma. Vigiar um estacionamento deserto, à noite. Primeiro, resistir ao sono. Depois dormir. Constatar que o resultado é o mesmo. Registrar códigos de barras no computador. Plantar flores nas rotundas. Na primavera, substituir amores-perfeitos por gerânios. Aparar os lilases logo após a floração... Eu experimentei um bocado de bicos durante três anos. Curiosamente, não vi surgir em mim nenhuma vocação. Eu comparecia às convocações da agência nacional de emprego da mesma maneira que ia ver o juiz, entre meus 16 e 18 anos. Mostrar-me dócil e obediente era uma condição indispensável para receber o auxílio desemprego. De vez em quando, era preciso fazer um gesto suplementar. Uma prova de boa vontade. Nada de muito grave. Servir hambúrgueres, por exemplo... Inserir fatias de carne entre fatias de pão. Colocar maionese. Devagar com a mostarda. Logo eu devolvia meu avental. Eu me presenteava com uma porção família de batatas fritas, temperava-as com ketchup e ia embora, lançando um grande sorriso para o restante da equipe. Eles todos fediam à gordura. Isso não era o bastante para mim.

Eu devia estar procurando um emprego. Mas procurava pouco e mal, o que me deixava com um bocado de tempo livre. De dia, de noite, eu continuava na farra com os camaradas que partilhavam meu modo de vida... aleatório. Eles trabalhavam quatro meses, o mínimo exigido para ter direito a uma indenização; em seguida, iam até a agência nacional de emprego e passavam a viver frugalmente por um ano ou dois. Nem eles nem eu fazíamos mais nada de repreensível, ou quase nada. Acontecia de a gente invadir um canteiro de obras à noite e se divertir com os tratores ou realizar rodeios de ciclomotores no *bois de* Boulogne, mas nada suscetível a perturbar a tranquilidade dos cidadãos. Íamos ao cinema. Entrávamos pela saída de emergência, saíamos da sala antes dos créditos do filme. Quase virei um homem de bem. A prova é que, um dia, cedi meu lugar a uma bonita mamãe que acompanhava seu filhote para assistir *RoboCop 3*. O menino usava belos tênis de cano médio, de couro. Ele tinha pés imensos para a idade, e aqueles sapatos me atraíram. Quase cheguei a perguntar onde os havia comprado. Simplesmente não me ocorreu sequer a ideia de tomá-los dele. Na hora, aquilo me preocupou: *E aí, Abdel, parece que ficou velho!* Mas logo me contive: eu não precisava daqueles tênis mesmo...

Eu recebia as convocações da agência de emprego na casa dos meus pais. Encontrava minha correspondência apoiada sobre o aquecedor da entrada, ali onde, alguns anos antes, se empilhavam as cartas da Argélia. Fazia muito tempo que a comunicação entre mim e meu país de origem havia sido interrompida. Por causa do contexto político em Argel, os correios funcionavam mal. Quando assistia ao noticiário, meu pai dava com os ombros, certo de que os jornalistas exageravam o lado dramático da situação. Ele não acreditava que os intelectuais estivessem amordaçados, não acreditava nas torturas, nos desaparecimentos. Ele nem sabia que existiam intelectuais por lá. Aliás, um intelectual, o que é isso? Alguém que gosta de refletir? Um professor? Um médico? E por que se mataria um médico, para começar? Belkacem e Amina desligavam a TV.

— Abdel, você viu? Chegou uma carta da agência nacional de emprego para você!

— Já vi, mamãe, já vi...

— E então? Não vai abrir?

— Amanhã, amanhã...

*

* *

Era um único envelope, mas com duas convocações diferentes, sobre o aquecedor. Uma delas me encorajando a ir até Garges-lès-Gonesse onde, se a sorte me sorrir, me tornarei vigia num supermercado. Eu não entendo. Garges-lès-Gonesse é uma nova estação do metrô? Talvez a tenham cavado durante minha estada em Fleury. Não, vejo que está escrito ali, em letras pequenas e entre parênteses: Garges-lès-Gonesse, na região 95. Deve haver algum engano. Deixei bem claro na agência nacional de emprego que minhas buscas tinham um limite territorial, chamado via periférica. Amasso o papel e o enfio no bolso, depois verifico a outra folha: avenue Léopold-II, Paris, 16º *arrondissement*. E pronto! Bem melhor assim! Conheço o bairro do velho Léo de cor. *Siga o guia. Acessível através de duas estações da linha 9 do metrô. Jasmin e Ralegh, o bairro é ocupado por mansões e imóveis de grande estilo, não é mesmo...* As pessoas não moram em apartamentos, mas em cofres. Cabem 12 pessoas no banheiro, cada quarto com o seu, exclusivo, os tapetes são tão macios quanto os sofás. Nesses bairros relativamente desprovidos de comércio, encontramos velhinhas de casaco de pele que recebem suas refeições em domicílio, preparadas pelos maiores chefes. Eu sei por que Yacine e eu já nos divertimos, certa vez, interceptando os entregadores (que às vezes eram também velhinhas, e nós nos oferecíamos gentilmente para carregar suas encomendas e depois saíamos correndo). Nós tínhamos a ideia bem louvável de criar um guia gastronômico, mas, antes de chegar lá, precisávamos experimentar tudo! Testamos o Fauchon, o Hédiard, o Lenôtre e até ovas de peixe de não sei qual restaurante famoso. Não pensem que somos dois parvos: sabíamos muito bem que aquelas tigelinhas custavam seu peso em ouro e que continham caviar. "Caaviaar", como diziam os nativos. Francamente, era nojento.

A caminho da avenue Léopold-II, então... Eu nem olho qual é o emprego que estão me propondo: sei que não o conseguirei. Minha intenção é apenas que assinem a convocação para provar que compareci de fato ao endereço indicado. Vou enviar o papel de volta à agência dizendo que, infelizmente, mais uma vez não quiseram me empregar. A vida é dura para os jovens dos conjuntos habitacionais, afinal de contas...

*

* *

Estou em pé diante da porta. Recuo. Avanço novamente. Ponho a mão sobre a madeira, com cuidado, como se fosse me queimar. Há alguma coisa errada. Parece a entrada de um castelo fortificado. *Levanta-te, ponte levadiça!* Daqui a pouco, vou escutar uma voz através da muralha: "Vá-te, campônio! O senhor não dá óbolos. Safa-te, antes que sejas atirado aos crocodilos!"

Última novidade: Abdel Yamine Sellou se lança no cinema. Ele assume o papel de Jacquouille le Fripouille em *Os visitantes 2*. Procuro uma câmera no teto, atrás dos carros estacionados no meio-fio, na traseira do veículo da polícia que faz a ronda. Rio sozinho com minhas loucuras. Estou parecendo um verdadeiro maluco, ali, na calçada... *Está tudo bem, Abdel, fique calmo.* Realmente, eu me dou conta de súbito, talvez não devesse ter jogado fora a outra convocação, a de Garges-lès-Gonesse. Preciso levar de volta pelo menos uma assinatura para a agência de emprego... Verifico o nome da rua. É esse mesmo. Verifico em seguida o número. Está correto também, teoricamente. Assim mesmo, há algo estranho. A menos que... Não! Eles não tiveram a cara de pau de me enviar para a casa de um burguês para fazer faxina!

Pego outra vez a convocação e leio o título do posto: "Auxiliar de vida junto a uma pessoa tetraplégica." O que pode ser isso, "auxiliar de vida"? Lembro-me das aulas sobre os verbos auxiliares *ser* e *ter*. Auxiliar de vida seriam os dois juntos? Será possível usar os dois? Formulação curiosa. Terão me indicado a uma seita? Já me vejo, sentado numa cama de pregos, meditando sobre meu percurso e minha salvação... E tetraplégico? Nunca vi essa palavra antes. Lembra tetracampeão, e mágico, lógico. Mas não há nada de lógico nisso.

Toco outra vez na madeira da porta, preciso do tato para acreditar. Fico bem pequenino ao lado dela. Daria para passar alguém três vezes mais alto do que eu, e pelo menos uns 25, na largura! Ergo um pouco a cabeça, noto um botão minúsculo incrustado na pedra e uma grade de alguns centímetros quadrados. Um interfone que quer ficar incógnito. Aperto e ouço um estalo e, depois, mais nada. Aperto outra vez. Falo com a parede.

— É em relação ao anúncio de emprego, auxiliar de sei lá o quê. É aqui mesmo?

— O senhor pode entrar!

Outro estalo. Mas o portão imenso não se mexe. Será que tenho que passar através dele, ou o quê? Aperto novamente.

— Siiim?

— O fantasma Gasparzinho, sabe quem é?

— Eh...

— Pois não sou eu! Vamos, abra a porta, agora!

Clique. Clique. Clique. Finalmente, eu entendo. Como em todo castelo digno desse nome, há uma passagem secreta... E eu a encontro! Uma porta de dimensão humana se distingue bem ao lado da outra, a colossal. Dou um passo à frente. Começo a resmungar. Legal: a entrevista nem começou e já estou ficando nervoso. Está fora de questão ficar aqui eternamente. Ele vai ter que assinar meu papel bem rápido, esse guru da Idade Média!

– 20 –

Se parecia bizarro por fora, por dentro então... Passo pela porta e me encontro em um deserto. Um espaço assim em Beaugrenelle serviria de quadra esportiva para todos do conjunto. Ali, nada, ninguém. Nem um cara encostado na parede, sequer um apertando um baseado. A funcionária responsável pela entrada do imóvel sai de seu apartamento.

— O que deseja?

— Eh... É para o tapar... Para o tetra... O tatapégico...

Seu olhar é furioso e, sem dizer nada, ela me aponta com o dedo uma porta no fundo. *Din don*, outro estalo, mas, desta vez, a porta abre sozinha. E se fecha atrás de mim. As alucinações continuam. Alguém está tirando onda com a minha cara, sou vítima de alguma pegadinha, Laurent Baffie vai surgir e me dar um tapinha no ombro.

De repente, parece que não estou entrando na sede de uma empresa, mas de uma residência particular muito particular... Só a entrada do apartamento deve ter uns 40 metros quadrados. Dali, tem-se acesso a duas salas: à direita, uma mesa na qual percebo um homem e uma mulher sentados, conversando certamente com um candidato à vaga, e à esquerda, um salão. Quer dizer, chamo de salão porque tem uns sofás. Há também mesas, cômodas, cadeiras, baús, espelhos, quadros e esculturas... Até mesmo crianças. São duas, bem bonitinhas e limpinhas, do tipo que eu não apreciava muito, quando dividíamos os bancos da escola. Uma senhora passa com uma bandeja. Há uns caras sentados, pouco à vontade, com ternos de pobre, uma pasta de papelão sobre o colo. Eu trago o envelope todo amarfanhado na mão, estou usando um jeans desbotado e uma jaqueta de longa data. Tenho a aparência exata de um arruaceiro de subúrbio que acaba de passar oito dias na gandaia. Mas, não, ontem eu dormi na casa da mamãe. Na verdade, estou com minha aparência habitual. Desleixado, meu estilo tô nem aí, antissocial.

Uma loura avança na minha direção e me convida a aguardar com os outros caras. Eu me sento ao lado de uma mesa imensa. Ao pousar meus dedos sobre a madeira, minha impressão digital aparece e depois se apaga, ao cabo de alguns segundos. Examino detidamente a decoração. Já que estou ali, melhor aproveitar a ocasião para identificar o que poderia se revelar útil. Mas logo me decepciono: não há uma TV, um aparelho de vídeo, sequer um telefone sem fio. Talvez lá dentro, no escritório? Eu me afundo um pouco mais na minha cadeira, encaixo meu pulso sob meu queixo e começo a cochilar.

A cada sete ou oito minutos, a loura reaparece e pede friamente ao candidato seguinte que a siga. A cada vez, os caras se olham entre si, hesitantes, receosos. Meu estômago ronca e eu tinha previsto encontrar Brahim para comer alguma coisa. Canso-me daqueles salamaleques e ergo a palma da mão na direção dos candidatos indecisos:

— É só um minutinho.

Avanço na direção do escritório, a loura nos meus calcanhares, eu desdobro o papel da agência nacional de emprego e o ponho diretamente sobre a mesa, atrás da qual a moça hesita para sentar-se.

— Bom dia. Pode assinar aqui, por favor?

Aprendi a ser educado, isso ajuda a ganhar tempo. Parece que eles têm medo de mim. A secretária e o cara ao lado dela ficam imóveis. Ele nem sequer se levanta para me cumprimentar, mas não me choca sua falta de gentileza. Já passei por entrevista em frente de uns tipos condescendentes que me tratavam como cachorro. É rotina isso.

— Fiquem calmos. Não é um assalto! Só preciso de uma assinatura.

E mostro a folha. O homem sorri e me observa em silêncio, ele é engraçado com aquele lencinho de seda no bolso do casaco, tipo príncipe de Gales. A moça me interroga.

— Para que você precisa de uma assinatura?

— Para o auxílio desemprego.

Sou propositadamente brutal. A senhorita ali e eu não fazemos parte do mesmo mundo, está na cara. O outro fala, finalmente.

— Preciso de alguém para me acompanhar a todos os lugares aonde eu for, inclusive em viagens... Você se interessa pelas viagens?

— Como assim? O senhor precisa de um motorista?

— Um pouco mais do que um motorista...

— E o que é isso, um pouco mais do que um motorista?

— Um acompanhante. Um auxiliar de vida. Está escrito na sua folha, não?

A doideira continua. Eu não entendo nada do que ele me diz. Estou diante de um homem de seus 40 anos, cheio da grana, cercado por um exército de assistentes de saias pregueadas, imagino que os moleques que percebi no salão sejam seus filhos e que ele deve ter também uma bela mulherzinha. Por que ele precisaria de alguém para segurar sua mão quando viaja? Na verdade, eu ainda não notei o problema, e não estou a fim de esperar para notar. Mas foi um grande esforço me deslocar até ali, esgotei minha inteligência para penetrar naquele local e obter a maldita assinatura, não sairei dali sem ela.

— Escute, eu já acompanho minha mãe para fazer compras... Assine aí, por favor.

A secretária solta um suspiro. Ele não. A aparência dele é de quem está se divertindo cada vez mais, e não está com a menor pressa. Parece uma cena de *O poderoso chefão*, quando o patrão explica o que é a vida ao jovem bandido que deseja tomar seu lugar. Ele lhe fala tranquilamente, num tom quase paternal, uma paciência infinita. "Escute, rapazinho..." É isso... O habitante daquele palácio é um chefão. Don Vito Corleone está bem ali, sentado à minha frente, me explicando tudo com calma, me dando uma lição. Só falta o prato de macarrão e o guardanapo quadriculado ao redor do pescoço.

— Eu tenho um problema: não posso me mover sozinho. Aliás, não posso fazer nada sozinho. Mas, como está vendo, estou bem acompanhado. Preciso somente de um rapaz forte como você para me conduzir aonde eu desejar ir. O salário é interessante e ainda lhe ofereço um apartamento independente, neste imóvel.

Nesse ponto, eu hesito... Mas por pouco tempo.

— Francamente, tenho carteira de motorista, mas não conheço nada... Minha experiência de direção se limita aos ciclomotores para entregar pizzas. Assine este papel para mim e veja isso com os outros que estão esperando no salão. Acho que não sou a pessoa certa para o senhor.

— O apartamento não lhe interessa?

Ele tocou no ponto sensível. Ele vê um vagabundo, um árabe coitado que jamais conseguirá alugar algo naquele bairro, um rapazinho desprovido de toda ambição, um caso desesperado. E olha que ainda não sabe que já estive preso... Don Vito Corleone é generoso. Não tem mais pernas nem braços, mas isso não me comove. Quanto à generosidade, isso eu não tenho, nem pelos outros, nem por mim mesmo. Eu não me vejo como os outros me veem. Estou bastante satisfeito com minha sorte. Já entendi que nunca terei tudo, independente do que faça, portanto, desisti de tentar conseguir mais. O funcionário do banco treme por causa de seu relógio de quartzo, o turista americano pela sua filmadora, o professor pelo seu Renault 5, o médico pela sua casa no subúrbio... Quando são assaltados, ficam com tanto medo que entregam a chave do cofre, em vez de se defenderem! Eu não quero tremer. A vida não passa de uma imensa trapaça, eu não possuo nada, para mim não faz diferença.

— Não vou assinar seu papel. Vamos fazer uma experiência. Se gostar, você pode ficar.

Só que aquele homem ali não treme. Ele já perdeu tudo. Ainda pode se oferecer tudo, é claro, exceto o essencial: a liberdade. Ainda assim, consegue sorrir. Sinto um negócio estranho por dentro, alguma coisa nova. Algo que me paralisa. Que me deixa ali, calado. Estou espantado, é isso. Tenho 24 anos, já vi tudo, já compreendi tudo, eu não ligo para nada e, pela primeira vez na minha vida, estou espantado. E que risco corro, se eu lhe emprestar meu braço? Um ou dois dias, só para entender com quem estou lidando...

*
* *

Acabei ficando dez anos. Houve partidas e regressos, períodos de dúvida também, em que eu não estava realmente ali nem em qualquer outro lugar, mas, no total, fiquei dez anos. Entretanto, existiam todas as razões para que as coisas dessem errado entre mim e o conde Philippe Pozzo di Borgo. Ele era oriundo de uma linhagem de aristocratas, meus pais não tinham nada; ele recebera a melhor educação possível, eu parei de estudar no sétimo ano; ele falava como Victor Hugo, eu falava na lata. Ele estava trancado em seu corpo, eu agitava o meu para todos os lados, sem pensar. Médicos, enfermeiras, auxiliares de hospital, todas as pessoas que o cercavam me viam com desconfiança. Para eles, que haviam feito da dedicação ao outro uma profissão, eu era um aproveitador, um ladrão, uma fonte de problemas, inevitavelmente. Eu me deixei envolver dentro da vida desse homem sem me preocupar, como o lobo no galinheiro. Eu tinha os dentes afiados. Aquilo não ia trazer nada de bom, sem a menor dúvida. Todos os indicadores estavam no vermelho. As coisas só podiam dar errado entre nós.

Dez anos. Loucura, não?

– 21 –

A residência profissional me convinha. Havia dois acessos: do apartamento de Pozzo, passando pelo jardim, ou pelo estacionamento do imóvel. Assim eu ficava independente. Podia entrar e sair — principalmente sair — sem ser visto. As paredes eram lisas e brancas, havia uma pequena ducha, quitinete, janela para o jardim, uma boa cama, um bom colchão: não me faltava mais nada. Aliás, eu não exigia nada porque não tinha a intenção de permanecer. Ao me entregar a chave, a secretária me preveniu:

— O Sr. Pozzo di Borgo resolveu fazer também uma experiência com outro candidato. Por ora, é você quem usa esse estúdio. Mas, se tiver que partir, faça a gentileza de deixar o local como o encontrou.

— Sei, claro, farei a gentileza...

Ela precisará aprender a falar comigo de outro modo, essa loura, ou então não vamos nos entender.

— Amanhã, às 8 horas, desça para os primeiros cuidados.

Ela já está dois andares abaixo, quando consigo reagir, berrando do alto da balaustrada.

— Os cuidados? Que cuidados? Ei! Eu não sou enfermeiro!

*

* *

Assim que acordo, de barriga vazia, as dobras do lençol ainda marcando minha pele, as meias da véspera nos pés, descubro o que é um tetraplégico: um morto com uma cabeça que funciona.

— Tudo bem, Abdel? Dormiu bem?

Uma marionete que fala. Não me pedem para tocar nele, por enquanto. Babette, uma matrona antilhana de 1,20m de seios e músculos, trabalha com gestos enérgicos e precisos. Ela aciona o que chama de "máquina de transferência". Leva 45 minutos para passar o corpo da cama para um assento projetado para tomar uma ducha, de plástico e metal e cheio de buracos. Em seguida, demora o mesmo tempo, depois de enxugar e vestir o indivíduo, para transferi-lo para a cadeira de rodas que usa durante o dia. Em Fleury, certa noite, assisti a um balé de dança contemporânea na TV. Era igualmente longo e chato.

A marionete encoraja sua tropa.

— Vamos, Babette, vire o Pozzo!

O Pozzo. A coisa. O animal. O brinquedo. O boneco. Assisto à cena sem mexer sequer um dedo mindinho. Tão petrificado quanto ele. Expando ainda mais o meu inventário da humanidade. Mas esse cara merece um capítulo à parte, entre os casos realmente particulares. Ele me observa observando-o. O olhar fixo no meu. Seus olhos sorriem e, às vezes, a boca também.

— Abdel, vamos tomar o café da manhã no bar, depois?

— Quando o senhor quiser.

Vejo meu reflexo no espelho do banheiro. Estou num daqueles meus grandes dias. Extracarrancudo. Antes de cruzarem comigo na rua, as pessoas mudam de calçada. Pozzo se diverte.

*
* *

Nós nos instalamos no terraço, perto do braseiro. Fico bebericando minha coca sem dizer nada, esperando a próxima etapa.

— Abdel, pode me ajudar a beber meu café, por favor?

Imagino um herói de desenho animado, o Supertetra. Ele observa sua xícara, ela sobe, levitando, até sua boca, ele entreabre os lábios e ela se inclina. Ele dá uma sopradinha, pura magia, o líquido está exatamente na temperatura certa. Não, acho que a criançada não vai gostar. Muito pouca ação. Arquivo minha ideia e pego eu mesmo seu café. Mas paro, imediatamente.

— Um torrão de açúcar?

— Não, obrigado. Por outro lado, um cigarro, sim.

— Não, eu não fumo.

— Mas eu, sim! E você pode me dar um!

Ele ri. Fico realmente com cara de otário. Felizmente não conheço ninguém no pedaço... Coloco o filtro entre seus lábios, e aciono o isqueiro Zippo.

— E o que a gente faz com as cinzas?

— Não se preocupe, Abdel, eu me viro... Passe o jornal, por favor.

Aparentemente o *Herald Tribune* faz parte do ritual matinal, porque a loura me deu o exemplar sem que ele pedisse, antes de sairmos. Eu o ponho sobre a mesa. Bebo um gole de coca. O Tetraman não diz nada. Ele sorri, impassível, como na véspera, durante minha "entrevista de emprego". Acabo adivinhando que alguma coisa não está funcionando, mas não sei o quê. Ele me esclarece.

— Você precisa pôr o jornal na minha frente e abri-lo para que eu consiga lê-lo.

— Ah! É mesmo, claro!

A quantidade de páginas, de colunas e de palavras por coluna me assusta um pouco.

— O senhor vai mesmo ler tudo isso? E está em inglês, ainda por cima. Vai levar um tempão.

— Não se preocupe, Abdel. Se nos atrasarmos para o almoço, a gente volta correndo.

Ele mergulha na leitura. De vez em quando, me pede para virar a página. Ele inclina a cabeça e a cinza do cigarro cai no vazio, ao lado de seu ombro. Ele se vira, com certeza... Eu o observo como se fosse um extraterrestre. Um corpo morto fantasiado em corpo vivo de burguês do 16º *arrondissement*. Uma cabeça que funciona como que por magia, curiosidade ainda mais estranha é que essa cabeça não funciona como aquelas que conheci, sobre outros corpos em melhor estado nessa classe social. Gosto dos burgueses porque surrupio seus bens, mas eu os detesto por conta do mundo ao qual pertencem. Normalmente, eles não têm nenhum humor. Philippe Pozzo di Borgo, por sua vez, ri de tudo. Para começar, de si mesmo. Eu tinha resolvido ficar dois ou três dias, no máximo. Talvez me seja necessário um pouco mais para sondar esse mistério.

– 22 –

Eu disse que Fleury-Mérogis era para mim uma colônia de férias. Exagero um pouquinho. Confirmo que os guardas penitenciários se comportavam como as mamães dos detentos e que não havia violência sexual entre os muros. Que o intercâmbio era feito por meio de trocas consensuais e não de extorsão. Eu minimizo um pouco os aspectos negativos da prisão. Nos primeiros dias, me jogaram numa cela com dois outros caras. A única coisa que eu não podia suportar era a promiscuidade. Aceitava a privação da liberdade, as refeições numa bacia, como um cão, o banheiro dentro da cela e os odores correspondentes. Desde que os odores fossem meus.

Meus colegas de cela entraram num acordo, *o rapazinho aí, a gente vai cuidar dele rapidinho...* Imediatamente, avisei à administração. Era preciso me separar deles, senão o pau ia comer solto. Não me deram ouvidos; um dos caras foi levado para passear no setor de emergências em Ivry. Levando em conta que eu havia apenas me defendido de contra dois pares de braços mal-intencionados, e ansiosa por passar uma borracha no incidente sem demora, a direção me instalou numa cela individual. A partir daí, os guardas penitenciários passaram a ser verdadeiras mães para mim, já que eu mesmo me comportava como um filhinho exemplar. No pátio, durante a hora de tomar sol, eu costumava andar lá pelo meio, a uma boa distância dos muros, onde os drogados em crise de abstinência e os depressivos negociavam seus remédios. O sistema ioiô não permite facilmente o intercâmbio de cartelas de pílulas, por serem leves demais. Os caras então corriam o risco e faziam suas negociações no pátio, não tinham mesmo outra escolha. Uma voz então se projetava do alto-falante.

— Ei, você de casaco amarelo e o de casaco azul, perto da coluna, separem-se imediatamente!

Dentro do presídio, as vozes jorravam de todos os lados, o tempo todo. No entanto, as celas dispunham de um bom isolamento sonoro: era preciso colocar o volume da TV no máximo para começar a incomodar os vizinhos. Curiosamente, os berros dos homens conseguiam atravessar todos os obstáculos. Digo que os guardas eram verdadeiras mães, e que o pessoal se respeitava porque eu não vi nada diferente disso. Mas ouvi.

Gosto dos barulhos do conjunto de Beaugrenelle, as crianças arrastando os pés sobre o asfalto, e a faxineira varrendo as guimbas. Frrot, frrot... Gosto dos barulhos de Paris, as motos rugindo, o metrô saindo da terra na Bastille, os assobios dos vendedores clandestinos, e até mesmo das sirenes uivantes dos carros de polícia. Na casa de Philippe Pozzo di Borgo, eu gosto do silêncio. O apartamento dá para um jardim, imperceptível da rua. Eu nem sabia que isso podia existir, assim, bem no coração de Paris. Depois de seu café, ele aciona com o queixo o mecanismo de seu carrinho elétrico, dirigindo-se até a porta de vidro e não se mexe mais, durante quase uma hora. Ele lê. Descubro a ferramenta indispensável para o tetraplégico: sua mesinha de leitura. Encaixa-se o livro ali — um tijolo de mil páginas, sem foto, impresso em caracteres minúsculos, uma verdadeira arma para se defender — e uma haste de acrílico vira as páginas quando o Sr. Pozzo a aciona com um movimento do queixo. Ficar ali faz parte do meu trabalho. Não há o menor ruído, me instalo num sofá e durmo.

— Abdel? Ei, Abdel!

Abro um olho e me espreguiço.

— A cama lá de cima não serve?

— Serve sim, mas eu saí com meus camaradas ontem à noite e preciso me recuperar um pouco...

— Lamento incomodar, mas a haste virou duas páginas de uma vez.

— Ah... mas não tem importância. Está faltando um pedaço da história? Quer que eu conte? Assim, pode ganhar tempo!

Estou desesperado para me divertir. Eu gosto de ser pago para cochilar, mas se for preciso escolher, preferia ser pago para viver.

— Por que não? Abdel, você leu *Os caminhos da liberdade*, de Jean-Paul Sartre?

— Claro, é a história do Jean-Paul, quando ainda era um garotinho, é isso? Então, o pequeno Jean-Paul vai dar um passeio na floresta, por exemplo, colhe cogumelos e canta assim, um pouco como os Smurfs, lala, lalala... e, de repente, ele chega a uma curva. Então, hesita antes de avançar, é claro, porque não sabe o que tem depois da curva, não é verdade? E aí ele está enganado, hein, enganado porque, o que tem depois da curva? O que tem depois da curva Sr. Pozzo?

— Pois bem, sou eu quem pergunto, Abdel!

— Tem a liberdade. Pronto. É por isso que se chama *Os caminhos da liberdade*. Fim do capítulo. Ponto final, agora a gente fecha o livro. Vamos dar uma volta, Sr. Pozzo?

Os dentes dele são inacreditavelmente brancos. Dá para ver quando ele ri. Brancos! Parecem com os ladrilhos do meu chuveiro lá em cima.

– 23 –

Não me lembro de ter decidido ficar. Nem de ter assinado um contrato, nem de ter dito "Ok, eu topo" àquele que se tornou, de fato, meu patrão. No dia seguinte à minha chegada, depois da primeira sessão alucinante de cuidados, e do café com o *Herald Tribune*, voltei para minha casa a fim de trocar de cueca e pegar minha escova de dentes. Minha mãe achou graça.

— E então, meu filho, vai se mudar para a casa da namorada? Quando é que você vai nos apresentar a moça?

— Você não vai acreditar: encontrei um emprego. Alimentação e hospedagem incluídas! Na casa dos ricos, do outro lado do Sena!

— Casa de ricos? Mas você não vai fazer bobagem, hein, Abdel?

— E nisso também não, você não vai acreditar...

Na verdade, acho que ela não acreditou. Saí para encontrar Brahim, que trabalhava na época no Pied de Chameau, um restaurante oriental da moda (pois é, Brahim também virou um rapaz direito). Eu lhe falei sobre Philippe Pozzo di Borgo, de seu estado, do lugar onde morava. Exagerei só um pouco.

— Brahim, você não pode imaginar: na casa desse cara, você se abaixa, passa o dedo entre os tacos do chão e sai uma cédula de dinheiro.

Pude ver os cifrões de dólar impressos nas suas pupilas, como os lingotes nos olhos do Tio Patinhas.

— Não, Abdel... Você está de brincadeira! É mentira.

— Claro que é mentira. Mas só estou exagerando um pouquinho, juro!

— E o cara não consegue se mexer nem um pouco?

— Só a cabeça. O resto está morto. *Dead. Kaput.*

— E o coração dele? Bate, pelo menos?

— Eu nem sei ao certo. Na verdade, não sei como funciona um tetraplégico... Quer dizer, sei sim: não funciona!

*
* *

Não me lembro direito dos primeiros dias na rue Léopold-II, certamente porque minha presença lá era intermitente. Eu não procurava agradar e, sobretudo, não queria me tornar indispensável. Não parei sequer um segundo para refletir sobre a situação, e tampouco ao que poderia me trazer um trabalho naquela casa, junto ao espirituoso aleijadinho, e muito menos sobre o que eu poderia oferecer àquela família. O tempo, talvez, tivesse deixado em mim suas marcas, como em todo mundo, mas eu não tinha consciência de nada. Eu já havia tido experiências bastante variadas e delas, naturalmente, tirara alguns ensinamentos, mas eu não formulara nada, nem em voz alta e nem no segredo da minha mente. Até mesmo na prisão, onde os dias eram longos e propícios à reflexão, teoricamente, eu me embrutecia com a televisão e as notícias no rádio. Eu não conhecia o medo do amanhã. Em Fleury, eu sabia, o futuro próximo assemelhava-se ao presente. Uma vez lá fora, não haveria com o que se preocupar. Nenhum perigo no horizonte. Eu sentia tamanha confiança em mim, que me *achava* invencível. Não: eu *sabia* que era invencível.

Para me transportar do tribunal, na île de la Cité, até Fleury-Mérogis, tinham me embarcado num veículo penitenciário. Uma espécie de caminhonete com a carroceria fechada na traseira contendo duas fileiras de cabines estreitas. Um só detento por cabine, impossível colocar outro. Dá para ficar em pé, ou sentado numa prancha, encaixada horizontalmente. As algemas permanecem nos pulsos. A porta tem uma parte inteiramente fechada e outra gradeada. Não dá para apreciar a paisagem. Na frente, aquela malha de arames, um corredor estreito, e depois outra cabine onde se encontra trancado outro cara, rumando para o mesmo destino. Não tentei distinguir o rosto dele na escuridão da caminhonete. Não me sentia particularmente deprimido, tampouco feliz com a situação, é óbvio. Estava alheio aos outros e a mim mesmo.

Os super-heróis dos filmes não existem. Clark Kent não se transforma em Super-Homem quando veste aquela roupa ridícula; Rambo não sente as balas no corpo, mas tem o coração devastado; o Homem Invisível se chama David McCallum e usa um suéter de lycra e um corte de cabelo em cuia que é grotesco. Eu não via em mim nenhuma falha. Possuía o dom da insensibilidade. Conseguia me livrar de qualquer sentimento desagradável. Isso nem sequer nascia dentro de mim, eu era uma fortaleza interior, e a considerava inexpugnável. O Super-Homem e seus colegas não passavam de uma grande bobagem. Mas estava convencido de que no mundo havia super-heróis reais e raros, entre os quais eu me incluía.

– 24 –

A Sra. Pozzo di Borgo se chama Béatrice. Eu imediatamente a acho simpática. Aberta, simples, sem frescuras. E a chamo de madame. Acho que lhe cai bem, madame.

Madame vai morrer em breve.

O marido eu chamo de Sr. Pozzo. Na minha cabeça, digo apenas "o Pozzo" ou "Pozzo". Ele me colocou a par disso hoje de manhã: sua mulher está doente. Um tipo de câncer. Quando ele sofreu o acidente de parapente que o deixou no estado atual, há dois anos, disseram-lhe que sua expectativa de vida se reduziria para sete ou oito anos. Surpresa: pode ser que seja ele que sobreviva mais tempo.

Nessa casa, a família não fica de um lado e os empregados do outro. Todos fazem juntos as refeições. Comemos em pratos quase normais, dá para adivinhar que não foram comprados no supermercado da esquina, mas são bons, dá para lavar na máquina. Céline, a babá das crianças, cuida da cozinha. Muito bem, por sinal. As crianças não lhe pedem muito mais do que isso. Laetitia, a mais velha, tem tudo de adolescente mimada. Ela me esnoba completamente, e eu tento fazer o mesmo. Robert-Jean, 12 anos, é um modelo de discrição. Não sei qual dos dois sofre mais com a situação. Para mim, os filhos dos ricos não têm razão de sofrer. A menina é uma peste, sinto ganas de sacudi-la cada vez que nos cruzamos. Mostrar-lhe a verdadeira vida, a fim de que ela pare de choramingar dois segundos, só porque a bolsa que ela deseja há semanas não está mais disponível na cor marrom-caramelo. Gostaria de levá-la para dar uma volta em Beaugrenelle, para começar, e depois aumentar a dose em Saint-Denis, nos *squats* dentro dos depósitos desativados, onde encontramos não apenas os toxicômanos em crise de abstinência, mas também famílias, com crianças e bebês. Sem água, é claro, sem aquecimento nem eletricidade. Colchões imundos estendidos no chão. Eu passo um pedaço de pão como se fosse uma esponja no molho que restou no prato. Laetitia enrola e deixa o prato pela metade. Béatrice repreende delicadamente o filho, porque ele separa os pedaços de cebola. Ele brinca, afastando-os para a extremidade do prato. Em breve Béatrice não terá mais forças para sentar-se à mesa conosco. Ela permanecerá deitada no quarto, aqui no apartamento ou num hospital.

É inacreditável... Esses aristocratas só sabem acumular desgraça. Olho ao meu redor. Os quadros, os móveis decorativos, as cômodas em estilo imperial com puxadores folheados a ouro, o jardim de um hectare no coração de Paris, o apartamento... De que adianta ter tanto assim, se falta a vida? E por que isso me atinge?

*
* *

Pozzo sofre. Pozzo toma analgésicos. A dor diminui apenas um pouco. Quando se sente melhor, eu o levo até Beaugrenelle. Não saltamos do carro. Abaixo o vidro e a mão de um camarada meu lança um pacotinho sobre as pernas do meu passageiro. Partimos em seguida.

— O que é isso, Abdel?

— Um lance que funciona para a gente se sentir melhor. Não é vendido nas farmácias.

— Mas, enfim, Abdel, você não pode deixar isso aqui. Esconda-o!

— Estou dirigindo, não vou largar o volante...

À noite, Pozzo ainda não consegue dormir. Ele prende o ar no peito, pois respirar lhe dói, ele aspira com força e o resultado é ainda pior. Não há oxigênio suficiente dentro do quarto, nem no jardim, nem no cilindro. Às vezes, vêm me acordar: é preciso levá-lo ao hospital, sem demora. Esperar uma ambulância adaptada para o transporte de um tetraplégico levaria tempo demais. Eu já estou pronto.

Pozzo sofre principalmente por ver sua mulher com a saúde tão fragilizada e por se achar impotente ante a enfermidade, assim como em relação à própria deficiência. Conto piadas, canto, me vanglorio de façanhas imaginárias. Ele usa meias de contenção. Enfio uma na cabeça e organizo um assalto.

— Mãos ao alto... Mãos ao alto, eu disse! Você também!

— Eu não posso.

— Tem certeza?

— Tenho.

— Que falta de sorte... Muito bem, eu quero o que há de mais precioso na porra desta casa. Nada de prataria, nada de quadros, não! Eu quero... o teu cérebro!

Eu salto sobre Pozzo e finjo contar-lhe a cabeça. Ele sente cócegas e implora para que eu pare.

Enfio um de seus smokings, grande demais para mim, dou um soco no interior do seu Stetson para fazer um chapéu-coco, saio assobiando um ragtime e multiplico meus gestos em volta da sua cama, como Charlie Chaplin em *Tempos modernos*. Por que me esforço tanto? Não me importo com essa gente. Não os conheço.

Mas, por outro lado, por que não? O que me custa bancar o palhaço aqui ou lá no conjunto? Como Brahim, a maior parte dos meus camaradas começa a entrar nos eixos. Não há mais ninguém com quem sair. Aqui, a casa está bem aquecida, a decoração é agradável e tem potencial. Potencial de prazer.

Pozzo sente dores no corpo. Tenho a decência — mas o que aconteceu comigo, de repente? — de não lhe perguntar o motivo. O outro candidato em período de experiência anda em volta da cadeira de rodas e não para de rezar. Ele carrega a Bíblia na mão o tempo todo, ergue o olhar para o céu, esquecendo que o teto faz uma barreira, e diz palavras que terminam em "us"como nas histórias de Asterix, entoando um salmo até para pedir uma xícara de café. Eu apareço atrás dele cantando Madonna.

— *Like a virgin, oh yeah! Like a vir-ir-ir-gin...*

Só falta o irmão Jean-Marie da Ascensão da Santa Trindade do Calvário de Nossa Senhora das Águas Bentas cruzar os dedos para se proteger do emissário do diabo que sou eu. Laurence, a secretária — nós agora nos tratamos pelo primeiro nome, de modo coloquial, sem frescura — ri discretamente. Tudo bem, ela não é assim tão pudica... Sem chamar a atenção, ela marca um encontro comigo.

— É um padre sem o hábito.

Eu morro de rir.

— Sem o hábito? Ele perdeu o hábito?

— Não, a batina... Ele fazia parte da igreja, mas preferiu se reintegrar à vida civil, entende?

— Mas, veja bem, o patrão não vai se divertir muito com um cara desses...

— Quem disse que ele vai ficar?

De fato, o padreco some depois de oito dias. Parece que advertiu Pozzo contra o diabo mulçumano que, inadvertidamente, ele deixara entrar em sua casa. Mulçumano, eu? Nunca pus o pé numa mesquita na minha vida! E diabo, caramba... Talvez ainda o seja um pouco, mas francamente, cada vez menos, não?

– 25 –

Certa manhã, a máquina de transferência fica emperrada. Impossível fazê-la voltar a funcionar. Pozzo já está parcialmente instalado nela, mas só parcialmente. Tinham fixado as correias nos braços, nas coxas, ele estava suspenso sobre a cama, antes de passar para o assento destinado à ducha. Imagine o desconforto... Foi preciso chamar o corpo de bombeiros. Até chegarem, o tirarem de lá e o recolocarem corretamente em seu assento, já passara de meio-dia... Durante todo esse tempo, Pozzo manteve a educação, a paciência, resignando-se sem demonstrar abatimento. Todos nós contamos piadas para distraí-lo, tentando desdramatizar a situação. Não porque a máquina estava emperrada: a gente sabia muito bem que ela voltaria a funcionar uma hora ou outra, mas porque um homem ficou preso na armadilha de um equipamento que, supostamente, deveria ajudá-lo e do qual não conseguia se soltar. Aquilo me deixou furioso.

Como são capazes de enviar um homem à lua e não são capazes de inventar um sistema mais eficaz e mais rápido para mover um tetraplégico? No dia seguinte, antes mesmo de ligarem a máquina de levantar pessoas, digo à auxiliar de enfermagem que eu mesmo vou colocar o Sr. Pozzo em seu assento para tomar banho. Isso, eu mesmo, Abdel Sellou, 1,70m, com seus braços curtos e gordinhos. Ela berrou.

— Você está doido? Este homem é mais frágil do que um ovo!

Os ossos, os pulmões, a pele: num tetraplégico, todas as partes do corpo são vulneráveis, as feridas não podem ser vistas a olho nu e a dor não desempenha seu sinal de alerta. O sangue circula com dificuldade, as chagas não cicatrizam, a irrigação dos órgãos é precária, as funções urinárias e intestinais estão afetadas, o corpo não consegue limpar a si mesmo. Alguns dias de observação perto de Pozzo tinham me proporcionado uma formação médica intensiva. Entendi que se tratava de um paciente delicado. Um ovo, de fato. Um ovo de codorna com a casca fina e branca. Eu me lembrei do estado do meu boneco G.I. Joe, depois do uso, quando eu era criança... Coitado... Mas eu tinha crescido. Olhei para Pozzo, um mega G.I. Joe de porcelana. Ele, que mostrava seus belos dentes alguns instantes atrás, os mantém trincados desde que anunciei minha intenção de carregá-lo. No entanto, sim, eu me sentia capaz de mover o ovo sem rachá-lo.

— Sr. Pozzo, faz dias que eu o observo. Essa máquina aí é um inferno, e acho que encontrei uma maneira de nos livrarmos dela. Confie em mim. Vou fazer bem devagar.

— Tem certeza, Abdel?

— Veja bem, no pior dos casos, posso machucar uma perna, depois aparece uma casca e mais nada, não é mesmo?

— Bom, vamos ver. Acho que posso aguentar.

— Então, vamos em frente.

Passei o braço sob suas axilas, pressionei seu peito contra mim, o resto do corpo veio junto. Ele estava instalado em seu assento para o banho em oito segundos e 15 centésimos, apenas. Contemplei o resultado, contente comigo mesmo, e logo gritei em direção à porta:

— Laurence! Traga a caixa de ferramentas! Vamos desmontar essa máquina de transferência!

Pozzo não falava nada. Apenas sorria, nas nuvens.

— Então, Sr. Pozzo? Quem é o melhor?

— É você, Abdel, é você!

Ele expôs com beatitude todos seus dentes brancos. Chegara a hora de pedir uma explicação.

— Sr. Pozzo, diga uma coisa, seus dentes são de verdade?

– 26 –

Eu deveria ter feito uns cartões de visita: "Abdel Sellou, simplificador." Porque na série "não vamos perder tempo com máquinas inúteis", consegui também eliminar o furgão, um veículo supostamente ideal para todo deficiente físico. Ele era feio, nada prático e, como a máquina de transferência, enguiçava regularmente.

O furgão tinha um sistema de plataforma que saía e se abaixava para permitir à cadeira de rodas subir a bordo. Com frequência, ele emperrava. Era um problema na hora da partida, porque Pozzo podia faltar a um compromisso, mas também na volta, porque o veículo era alto demais para tirar a cadeira — e Pozzo — diretamente do interior. Aconteceu de eu procurar uma prancha para servir de tobogã. No furgão, Pozzo ficava sentado em sua cadeira habitual, que era simplesmente colocada na traseira, à direita. As rodas não eram fixas no assoalho, e, mesmo ao frear, a cadeira se inclinava nas curvas. Perigoso para um ovo, principalmente quando o motorista se chama Sellou, e aprendeu a dirigir em carros roubados em estacionamentos do subúrbio... Além disso, Pozzo só dispunha de uma janelinha para ver a paisagem e o motor fazia um barulhão horrível. Quando estava ao volante, eu precisava me virar quase completamente para falar com o patrão. Aliás, eu não falava, eu berrava.

— Tudo bem? Está balançando muito?

— Olhe para a pista, Abdel!

— O que o senhor disse?

— A PISTA!

Meu carro era um Renault 25 GTS, está pensando o quê? Tudo bem, hoje em dia, ele parece totalmente ultrapassado, mas na época era a maior classe! O carro do cara que venceu na vida! Eu o tinha comprado num leilão em 1993, assim que tirei minha habilitação. Ele fora confiscado de um coitado que não conseguia mais pagar as prestações. E eu, o pequeno delinquente, um condenado pela justiça, paguei em espécie. Na maior classe... Excelente aceleração, um rádio que lançava os decibéis num raio de 20 quilômetros. Nada a ver com aquele furgão. Acabei tendo que entrar em greve. A gente ia embarcar Pozzo, eu estava com o dedo no controle remoto da plataforma e disse não.

— Não? Mas como não, Abdel?

— Não, Sr. Pozzo. Não.

— Mas não o quê?

— Não, eu não dirijo mais essa coisa. O senhor não é um animal, pode viajar num carro normal.

— Infelizmente, não, Abdel, não posso.

— E tampouco podia se virar sem a máquina de transferência, não é mesmo? Muito bem. Não saia daí, vou pegar meu carango.

— Não vou sair daqui, Abdel, pode confiar em mim!

Empurrei a cadeira de rodas até o estacionamento destinado aos deficientes físicos civis e militares, onde tinha deixado meu carro de corrida equipado com um adesivo falso, exibindo o símbolo de deficiente físico. Esse pedaço de papel é genial, o equivalente a rodar numa pista exclusiva na autoestrada.

— Onde você conseguiu esse adesivo, Abdel?

— É uma fotocópia daquele do furgão. Feita a laser, colorida, me custou uma nota!

— Abdel, isso não se faz, não é correto...

— É muito prático para estacionar em Paris. E, além disso, é normal, já que estou transportando o senhor no meu carro.

Abri a porta do lado do passageiro, recuei o assento ao máximo, a cadeira rolante ao lado do carro.

— E aí? Não vai me encorajar? O senhor encoraja a Babette, mas a mim, não!

— Vamos lá, Abdel! Levante Pozzo!

Evidentemente, ele podia viajar num veículo normal... Partimos rapidinho para a porte de la Chapelle. Eu sabia que poderíamos encontrar expostas algumas joias de quatro rodas entre as quais esse amador de coisas belas acharia, sem dúvida, sua preferida. Quanto a mim, gosto de todos os carros. Eu não dizia nada, só observava Pozzo deslizando em sua cadeira elétrica entre o Chrysler e o Rolls Royce, entre o Rolls e o Porche, e entre o Porsche e o Lamborghini, o Lamborghini e a Ferrari...

— Ela é bacana, não é? Essa preta é bem sóbria. O que você acha, Abdel?

— Sr. Pozzo, a Ferrari parece ter o bagageiro um pouco apertado.

— Porque você pretende me colocar no bagageiro, Abdel?

— O senhor, não, mas e a cadeira?

— Merda! Tinha me esquecido dela...

Ele finalmente se decidiu por um Jaguar XJS, 3.5 litros, faróis quadrados, painel de nogueira, revestimento de couro...

— Está bom para você, Abdel?

— É, parece Ok...

— Vamos comprá-lo?

— Vai ser preciso paciência, Sr. Pozzo. A venda será daqui a três dias.

— Tudo bem, vamos esperar... Mas nem uma palavra à minha mulher, certo?

— Pode deixar. Boca de peixe.

— Boca de siri, Abdel, boca de siri.

— Boca de siri também, se isso o deixa feliz!

– 27 –

É nesse Jaguar que eu levo Pozzo ao hospital, onde sua mulher, Béatrice, acaba de receber um transplante de medula. Essa operação era a última esperança: os médicos não lhe dão mais de quatro a seis meses de vida. Tudo correu bem no centro cirúrgico, mas a batalha ainda não está vencida. Ela não dispõe de nenhuma imunidade. É preciso que fique num quarto esterilizado, dentro de uma bolha.

Todas as manhãs, durante semanas, levo Pozzo no Jaguar e o conduzo para perto dela. Perto dela... quer dizer, o máximo permitido: atrás da parede isolante. Uma touca na cabeça, um plástico envolvendo seus sapatos Weston, ele vai até o limite derradeiro. Ele observa a mulher horas a fio, ela está estendida na cama e delira um pouco. Nós a deixamos ao fim do dia, temendo não encontrá-la em melhor estado na manhã seguinte. Na verdade, o veredito sai da boca dos médicos.

Madame Pozzo vai nos deixar.

Dentro do Jaguar, fico calado.

*

* *

Foram-se as auxiliares de enfermagem. Foram-se as enfermeiras. Eu era agora a última pessoa que Philippe Pozzo di Borgo via à noite, e a primeira com quem se deparava de manhã. Depois que comecei a carregá-lo nos braços, não precisávamos praticamente de ninguém. Agora que sua mulher estava morta, ele dormia sozinho. Incrédulo, louco de raiva, ele a assistiu se apagando. Sempre a conheceu doente, e a amou apesar da doença, apesar do desconforto cotidiano, quando ele ainda estava em boa forma, quando corria pelo campo nos fins de semanas, quando voava por sobre as montanhas. Então houve o terrível acidente com o parapente no dia 23 de junho de 1993, e durante dois anos a doença dela regredira. Todos achavam que se tratava de uma remissão, que os remédios enfim fizeram efeito, que ela viveria ainda muito tempo, por que não? Ela encontrara força para organizar uma nova vida para toda família em torno da deficiência do marido. Eles mudaram da casa em que moravam, em Champagne, para Paris e seus hospitais. Tinham elaborado um ambiente bem confortável para todos viverem — evidentemente, com dinheiro é mais fácil — e as crianças pareciam se adaptar tanto quanto possível à sua nova existência na capital, com um pai na cadeira de rodas, uma mãe doente... E quando tudo parecia no lugar, quando todos os obstáculos a uma vida quase normal haviam sido transpostos, Béatrice Pozzo di Borgo teve uma recaída.

Eu morava com eles havia um ano quando aconteceu. Madame Pozzo não tinha sido consultada quanto à contratação de um auxiliar de vida que, de fato, não era um. Ela não usou seu direito ao veto ao ver desembarcar na sua casa um jovem árabe mal-educado e imprevisível. Ela me olhou sem me julgar. Ria das minhas brincadeiras sem participar delas, com certa distância, mas sempre com benevolência. Sei que sentia um pouco de medo quando me via embarcar seu marido sem avisar, e sem lhe dizer para onde eu o levava. Sei que ela não aprovou a compra de um carro de luxo. Era seu lado protestante: não apreciava os símbolos de ostentação de riqueza. Era uma mulher simples, eu a respeitava. Pela primeira vez, eu não julgava uma pessoa por ser uma burguesa.

Em um ano, o que fizemos, eu e Pozzo? Apenas nos conhecemos. Ele tentara me interrogar sobre meus pais, acho mesmo que tinha vontade de conhecê-los. Eu desviava o assunto.

— Sabe, Abdel, é importante estar em paz com sua família. Você conhece seu país, a Argélia?

— Meu país é este aqui e estou em paz comigo mesmo.

— Não tenho tanta certeza, Abdel.

— Vamos parar por aqui.

— Vamos parar por aqui, Abdel. Não falemos mais nisso...

O furgão não era feito para a velocidade na via periférica, o Jaguar se adaptava bem melhor. Era eu que pisava no acelerador, mas éramos os dois juntos que ultrapassávamos os limites. Bastava uma palavra para que eu desacelerasse. Pozzo assistia à partida de sua mulher, não exprimia sua dor, via passar o filme da sua vida sem a própria presença, como um espectador. Eu pisava um pouco mais fundo. Ele virava ligeiramente a cabeça na minha direção, o motor roncando, eu não parava de rir, até não poder mais. Ele virava a cabeça para o outro lado. Ele desistia. Nós avançávamos a toda velocidade, juntos, pela vida e pela morte.

Um ano já bastava para que soubéssemos, ambos, mesmo sem se expressar, que eu ficaria. Se fosse para partir, eu já o teria feito antes. Não teria concordado com a viagem à Martinica, algumas semanas antes do transplante.

— Vão ser as últimas férias de Béatrice por um bom tempo, vamos os três! — me dissera Pozzo para me convencer.

Eu nunca tido ido mais longe do que Marselha, não era preciso me convencer de coisa alguma. O argumento das "últimas férias por um bom tempo" era falso, todos sabíamos. As últimas férias, ponto. Estávamos a par dos riscos associados ao transplante de medula óssea de Béatrice. Na verdade, foi seu marido que adoeceu na Martinica. Congestão pulmonar: para explicar de modo simples, as secreções tinham se acumulado nos brônquios, ele tinha uma enorme dificuldade para respirar. Foi internado na UTI e lá ficou durante toda nossa estada. Eu almoçava com Béatrice, só os dois, na beira da praia. Não nos falávamos muito, não era preciso. Não havia embaraço algum, tampouco. Não era eu o homem que ela amava. Não era eu que ela gostaria de ver sentado à sua frente, com os dois braços se mexendo, um levando o garfo à boca, e o outro cruzando a mesa para acariciar sua mão. Esse homem não existia mais, de qualquer maneira, ela precisou renunciar a ele desde o acidente de parapente. O melhor então era se contentar com esse cara meio sem jeito e mal-educado, mas não realmente nocivo.

Gosto de pensar que ela me considerava capaz de cuidar de seu marido durante as provações que estavam por vir. Gosto de pensar que ela confiava em mim. Mas talvez não pensasse nada disso. Talvez ela também estivesse desistindo. Quando não se controla mais nada, é certamente a única coisa a se fazer, não? Largar a mão, a 200 por hora nos cais do Sena ou confortavelmente sentada numa paisagem paradisíaca, ao sol, diante do mar azul-turquesa.

*

* *

Eu acreditava que ele não sobreviveria à morte de sua mulher. Durante semanas, ele não quis sair da cama. Recebia visitas dos membros da família e mal olhava para eles. Céline cuidava das crianças. Consoladora e pragmática a um só tempo, ela os mantinha afastados, considerando que eles já tinham muito o que fazer com os próprios sofrimentos. Eu girava feito um satélite em torno de Pozzo, permanentemente. Mas ele não me deixava mais distraí-lo. Digno até na depressão, só fazia questão de estar apresentável durante as consultas médicas. Depois de alguns meses, nós frequentemente dispensávamos a ajuda das auxiliares de enfermagem e das enfermeiras. Ele dava provas de força de vontade, sentia um prazer malicioso em mostrar que se virava muito bem, contando somente com a ajuda dos braços e das pernas de Abdel. Foi preciso chamá-las de volta e elas vieram imediatamente, competentes e dedicadas. O Sr. Pozzo, cujo corpo estava três quartos morto, tinha dificuldade para tolerar tanta gente se agitando ao seu redor, ao passo que nada pôde ser feito pelo corpo de sua mulher.

Felizmente, eu era jovem e impaciente. Felizmente que eu não compreendia nada. E eu disse chega.

– IV –

Aprendendo a viver de outro modo

– 28 –

— Sr. Pozzo, chega, agora vamos levantar!

— Estou a fim de ficar tranquilo, Abdel. Por favor, me deixe em paz.

— Já ficou tranquilo o bastante. Chega. Goste ou não, dá no mesmo. Vamos nos vestir e sair... Além disso, tenho certeza de que vai gostar.

— Faça como quiser...

O Pozzo suspira. O Pozzo vira a cabeça, procura o vazio, um espaço livre, sem mãos se agitando, sem olhares. Ele não escuta as bocas que falam.

Não quero mais chamá-lo de "o Pozzo". Ele não é uma coisa, um animal, um brinquedo, um boneco. O homem diante de mim sofre e só olha para o interior de si mesmo, para suas lembranças, para aquilo que não existe mais, sem dúvida.

Não adiantou nada eu me sacudir como o diabo, dançar a *Cucaracha*, fazer Laurence gritar com minhas brincadeiras de mau gosto. Ele não dá conta da minha presença. O que estou fazendo aqui? Ele poderia me perguntar por que continuo ao seu lado, já que eu mesmo me faço essa pergunta...

Eu lhe responderia uma bobagem qualquer.

Responderia que continuo ali por causa do conforto do sofá estilo Louis-Philippe no quarto dele, do qual não saí desde o falecimento de Béatrice. Eu subloquei para uma colega o apartamento no sótão. Ninguém aqui sabe disso. Eu sou honesto e realmente gosto muito dessa moça, portanto não lhe cobro um aluguel exagerado. Quanto? Mil francos por mês. Está bem abaixo do preço de mercado.

Eu lhe responderia que continuo ali por causa do Jaguar. Que gostaria que ele se recompusesse um pouco, que eu pudesse deixá-lo durante a noite e retomar minhas noitadas. Esse carro funciona como um ímã com as mulheres. Quer dizer, algumas... Eu sei: não será entre essas que entram no Jaguar que encontrarei minha Béatrice. As que embarcam são aquelas para as quais apenas a grana interessa. Não nos conhecemos, não vamos nos conhecer. Eu as mando passear quando termina, canalha e feliz em sê-lo.

— O carro é do meu patrão. Posso te deixar na próxima estação do metrô, se quiser...

Eu lhe responderia que continuo aqui porque adoro provar a comida de restaurantes de 2 mil francos e, depois, na saída, me extasiar com um churrasco grego.

Eu lhe responderia que fico porque ainda não vi *La Traviata*, de verdade, e que conto com ele para me levar à ópera (ele me fez escutar uns trechos, certa vez, explicando a história, era de morrer de tédio... eu pensei realmente que era meu fim).

Eu lhe responderia que fico porque estou a fim de me divertir, porque estou vivo, porque a vida é feita para se esbaldar e que isso é mais fácil quando se tem dinheiro. Acontece que ele tem a grana e está vivo também, o que vem a calhar!

Eu lhe responderia que fico pelo seu dinheiro. Aliás, e o que pensa a maior parte de seus amigos, não são todos que disfarçam isso. Eu detesto contrariar as pessoas que são demasiadamente seguras de si. Eles se mumificam em suas certezas, é um espetáculo emocionante.

Ele insistiria:

— Por que você continua aqui, Abdel?

Eu não lhe responderia que continuo por causa dele, porque não somos animais, afinal de contas.

Vesti-lhe com seu terno Cerruti cinza-pérola, uma camisa azul, abotoaduras de ouro e uma gravata com listras em um vermelho vivo. Uma gota de Eau Sauvage, sua água de colônia há mais de trinta anos, a mesma de seu pai. Penteei seus cabelos e alisei seu bigode.

— Aonde você vai me levar, Abdel?

— Comer ostras? O senhor não gostaria de comer algumas ostras? Eu estou com vontade de comer ostras.

Lambo meus beiços e esfrego minha pança. Ele sorri. Sabe que eu detesto ostras, sobretudo nos dias mais quentes, quando ficam todas leitosas. Mas ele adora, com uma fatiazinha de limão ou um molho de cebolinha. E partimos para a Normandia.

— Ponho um CD para tocar no carro? O que o senhor que escutar?

— Gustav Mahler.

Ponho dois dedos embaixo do meu nariz para simular o bigode nazista, adoto um sotaque alemão e me zango.

— Goustaf Malheur*? *Ach nein*, sinhô Pozzo! Agora, chega de infelicidade! Chega!

Ele esboça um sorriso. Já é um começo...

*
* *

O Jaguar é um carro magnífico, mas perigoso. Não dá para sentir a velocidade. Ele arranca, a gente levita, sem se dar conta de nada. A caminho do Hospital Raymond-Poincaré, em Garches, não percebi que ele ganhava velocidade como um cavalo a galope. Eu e o Sr. Pozzo estávamos bem, escutando na estação France Musique uma sinfonia simpática, dessas que tocam no telefone quando esperamos ser atendidos. Duas motos vêm em nosso encalço na pont de Saint-Claude. Eu as vejo pelo retrovisor, dou uma olhada no velocímetro: 120 quilômetros por hora, só... O Sr. Pozzo se sente em forma hoje, eu arrisco.

— Tem dois policiais atrás de nós.

— Ai... Abdel, vamos nos atrasar.

— Não necessariamente. Se o senhor fizer aquela careta dos dias ruins...

Os guardas se aproximam perigosamente.

— Como é minha careta dos dias ruins?

---

* *Malheur* significa infelicidade em francês. (*N. do T.*)

Eu assumo um ar terrivelmente constipado, ele morre de rir.

— Assim, não, Sr. Pozzo. Não pode rir, tem que sofrer! Estou contando com sua ajuda!

— Não, Abdel! Nada disso!

Desacelero radicalmente, ligo a seta e paro o carro no acostamento, antes de abrir o vidro.

— Abdel!

— Três, dois, um... Sofrendo!

Não olho para ele, com medo de começar a rir. Eu me inclino na direção do policial, que se mantém prudente. Simulo o cara corajoso tomado pelo pânico.

— Ele está tendo um ataque! É o meu patrão. Ele é tetraplégico. É uma crise de hipertensão e eu o estou levando a Garches, não temos tempo a perder, ele vai explodir!

— Desligue o motor, por favor.

Eu cedo de má vontade, dando um murro no volante.

— Não temos tempo, estou falando!

— Abaixe o vidro, por favor. Senhor, senhor!

— Como você quer que ele abaixe o vidro? Sabe o que quer dizer tetraplégico? Té-tra-plé-gi-co!

— Ele está paralisado?

— Até que enfim entendeu!

Os dois olham para mim, a um só tempo irritados pelo meu tom de voz e inquietos por não controlar a situação, sentem-se constrangido. Arrisco uma olhada para o Sr. Pozzo. Ele é formidável. A cabeça caída sobre o ombro, a testa apoiada na porta, os olhos virados e, ainda por cima, está arquejando... Sua careta não se parece nem um pouco com aquela dos dias ruins, mas sou o único a saber disso.

— Diga uma coisa — pergunta-me um dos policiais, nervoso. — Aonde vocês estão indo desse jeito?

— Ao Hospital Raymond-Pointcaré, em Garches, eu já disse. É urgente!

— Vou chamar uma ambulância agora mesmo.

— Nada disso, vai demorar demais, ele não vai aguentar! Vamos fazer o seguinte: vocês conhecem o caminho até Garches? Conhecem? Muito bem! Então você vai na frente e seu colega vem atrás. Vamos embora!

Ligo o carro e piso no acelerador para exprimir minha determinação. Depois de um segundo de hesitação — pois os policiais, frequentemente, são de natureza hesitante –, os caras colocam os capacetes e se posicionam conforme eu disse. Saímos em direção ao hospital, velocidade moderada, os dois motociclistas dirigindo com uma das mãos, enquanto a outra faz sinal para que os outros carros se afastem.

O Sr. Pozzo ergue um pouco a cabeça e me pergunta:

— E quando chegarmos lá, Abdel? Qual é o seu plano?

— Bom, a gente vai fazer o que estava previsto! O senhor não devia participar de uma conferência diante dos deficientes físicos?

— Sim, claro...

No estacionamento do hospital, eu rapidamente retiro do bagageiro a cadeira dobrável do Sr. Pozzo, abro a porta do lado do passageiro, levanto nos braços ao ator promissor da comédia dramática e interrompo bruscamente o gesto de um dos policiais que se propõe a ajudar.

— Ah, nada disso, meu camarada: este homem é frágil como um ovo!

— Rrrr... — faz o moribundo.

Eu o empurro rapidamente na direção da entrada de emergências, ao mesmo tempo gritando para os motociclistas:

— Está bem assim, vocês podem ir embora! Se ele não morrer não vou apresentar queixa contra vocês!

Esperamos até que eles desapareçam para sair: não estávamos no local certo para a conferência. O patrão ri como não fazia há semanas.

— E aí, quem é o melhor?

— É você, Abdel, sempre você!

— É, mas, por outro lado, o senhor não está mais com a expressão de dor, nem um pouco mesmo! Que careta era aquela?

— Abdel, você já assistiu a *La Traviatta*?

— Não, não assisti. Mas, graças ao senhor, conheço bem a história, muito obrigado.

— Eu era a Violetta, no final...

E ele canta:

— *Gran Dio! Morir sì giovine...**

---

* "Grande Deus! Morrer tão jovem..." (Ato III, cena VI).

– 29 –

O tempo dos tetraplégicos é contado como o dos cães: um ano de vida equivale a 7. Philippe Pozzo di Borgo teve seu acidente aos 42 anos, 3 anos antes. Três vezes sete igual a 21: em 1996, portanto, ele estava com 63, se podemos dizer assim. No entanto, ele não parecia muito com Veteranix, o velho nas histórias de Asterix, pequenino, raquítico, o coração seco como os cabelos... O conde, por sua vez, tinha a aparência de um fidalgo e o coração de seus 20 anos.

— Sr. Pozzo, o senhor precisa de uma mulher.

— Uma mulher, Abdel? A minha morreu, lembra?

— A gente vai achar outra. Tudo bem, não será a mesma, mas será melhor do que nada.

— Mas, coitada. O que farei com ela?

— Poderá conversar com ela afetuosamente, como Cyrano de Bergerac e Roxane.

— Bravo, Abdel! Vejo que minhas lições de literatura trouxeram seus frutos!

— O senhor me ensina a ler, eu o ensinarei a viver.

Convidei algumas amigas. Aïcha, moreninha, seios fartos, veneno e antídoto ao mesmo tempo, estava a par da situação. Na sua primeira visita, bebemos todos juntos. No dia seguinte, eu saí de fininho. No outro, ela se deitou na cama. Durante algum tempo, ela e o Sr. Pozzo dormiram juntos. Aïcha não queria dinheiro, ou presentes. Ela se interessava por esse homem de conversa agradável, mas não era uma interesseira... De seu lado, ele não se iludia: não se apaixonaria por ela, nem ela por ele, mas passavam bons momentos na companhia um do outro. Aïcha respirava calmamente, ele sentia seu fôlego, o calor de seu corpo, ela o apaziguava. Houve algumas outras em seguida, profissionais, felizes em poder trabalhar e descansar ao mesmo tempo. Eu lhes advertia:

— É preciso ser meiga com meu patrão, e falar corretamente. Jogue fora o chiclete antes de chegar e controle seu linguajar, não seja desbocada!

O Sr. Pozzo se recuperava lentamente da morte de sua mulher. Bem lentamente... Eu o surpreendia, às vezes, com o olhar vazio, o espírito distante, espectador impotente dos prazeres dos homens, privado de qualquer esperança de usufruir deles um dia. Apesar de Aïcha e dos perfumes inebriantes de suas companheiras provisórias, ele não estava realmente melhor. Já fazia vários meses que Béatrice tinha partido, Laurence saíra de férias, os filhos definhavam em Paris. Eu lhe propus uma pequena viagem.

— Sr. Pozzo, o senhor deve ter uma casinha em algum lugar no sul, não?

— Uma casinha... Não, acho que não... Ah, sim: La Punta, na Córsega. Minha família a vendeu à municipalidade faz alguns anos, mas sobrou uma torre onde se pode morar, perto do jazigo familiar.

— Um cemitério, isso vai ser divertido... É tudo que tem a propor?

— Sim, é tudo.

— Então, vamos lá! Eu faço as malas.

*

* *

Somos oito dentro do furgão (foi preciso cair na real, não caberíamos todos no Jaguar). Céline e as crianças embarcam nessa aventura, é evidente, mas também Victor, um sobrinho do Sr. Pozzo, a irmã dele, Sandra, e o filho dela, Théo. Faz calor, mas ainda não o bastante. Acionamos a refrigeração intermitentemente e ninguém se queixa. Um tetraplégico está sempre com frio. Nós o cobrimos com mantas, touca, lã, mas nada parece suficiente. Vi muitos assim no Morbihan, em Kerpape, centro de reeducação motora onde o Sr. Pozzo vai anualmente fazer uma revisão. Com os primeiros raios de sol, as cadeiras de roda se alinham diante da janela, exposta para o sul, e ninguém se mexe. Dentro do veículo, Philippe Pozzo di Borgo passa uma boa impressão para as crianças. Eu sei que ele ainda chora pela mulher, que odeia um pouco todos nós por estarmos lá quando ela não está mais. Nós transpiramos, nossos odores se misturam, mas pelo menos ele não sente frio.

Percorremos quilômetros, sem excesso de velocidade. Todos começam a cochilar, eu resisto. Céline abre um olho, se espreguiça.

— Pronto, chegamos a Montélimar... Poderíamos parar para comprar uns doces de nozes?

Eu resmungo, dizendo que, se começarmos a parar a cada vez que aparecer uma especialidade culinária, não vamos chegar nunca...

Ela não diz nada. Acho que ficou ressentida.

— Abdel, essa fumaça é normal?

Olho para cada lado da autoestrada, não vejo nada.

— Você viu um incêndio na floresta?

— Não, estou falando da fumaça saindo do capô. Estranho, não?

Pronto, o motor está fundido! Eu queria me livrar definitivamente deste furgão, agora está feito. O veículo está parado no acostamento, estou sozinho com quatro crianças, duas mulheres e um tetraplégico, pleno mês de agosto, 40 graus à sombra, faltam cerca de 200 quilômetros até Marselha, onde devemos embarcar para a Córsega em menos de quatro horas, tudo vai bem... Eles não dão a mínima para mim, levianos e risonhos. Eu me esqueci de verificar o nível do óleo. Ou da água. Ou dos dois, sei lá. Não entro em pânico.

— Deve haver um contrato do seguro em algum lugar, não? Claro que sim! Aqui está, vocês vão achar graça: a validade acaba em uma semana. Ainda bem que não enguiçamos no caminho de volta, não é mesmo?

O patrão se diverte.

— É verdade, Abdel, já que ainda temos um seguro, tudo vai bem!

Apanho meu telefone celular, acessório já democratizado na época, ligo primeiro para um reboque. Depois, tento as empresas de aluguel de veículos. Em vão. Estamos em pleno verão, há turistas em Montélimar como em todos os cantos, não acharemos nada. Entro em contato com a assistência técnica da fábrica do carro, berro no telefone que não se pode deixar um tetraplégico à beira da estrada. Lanço mão da minha frase famosa, sempre a mesma, sobre meu passageiro bem especial:

— Ele é tetraplégico, sabe o que quer dizer isso? Te-tra-plé-gi-co!

Dentro do carro, onde flutua ainda uma fumacinha escura, todos acham engraçado.

— Mas, Abdel, por que está nervoso? Não estamos bem aqui, na autoestrada, na terra dos doces de nozes?

A assistência técnica se propõe a reembolsar o trajeto do táxi de Montélimar até Marselha. Mas será preciso que nós nos viremos sozinhos para chegar a Montélimar. Justamente, o reboque acaba de chegar. Todos a bordo! O mecânico, um sexagenário que parece ter abusado da especialidade local, a julgar pelo diâmetro de sua cintura, exprime seu desacordo num tom bem generoso.

— Ah, não, só posso levar duas ou três pessoas na cabine. Mais do que isso, não é possível.

— Nós vamos ficar dentro do furgão.

— Ah, não, é proibido. Isso não é possível.

Eu o pego pelo colarinho e o levo até ao lado do veículo e lhe mostro a cadeira de rodas.

— Você quer que eu o empurre pelo acostamento por 20 quilômetros?

— Isso não. Você tem razão. Isso também não é possível.

— Exatamente, não é possível... Embarcar!

Alexandra, Victor e Théo sobem ao lado do motorista do reboque, enquanto ele tenta colocar o furgão na plataforma. Nós não descemos o Sr. Pozzo. Laetitia, Robert-Jean, Céline e eu tentamos manter a cadeira de rodas em pé durante a manobra. Ela começa a balançar seriamente, ainda longe do mar... As crianças morrem de rir, repetindo com o sotaque do motorista: "Isso não é possível, isso não é possível!" Vai se tornar o mantra destas férias. Acredito que Philippe Pozzo também ri com vontade.

E enfim chegamos ao porto de Marselha. Bem a tempo: o navio zarpa em 20 minutos. Teoricamente... Acabo de pagar os dois táxis e eles vão embora no exato instante em que ouço Céline, inquieta.

— Para um dia de embarques para as férias você não acha que está um pouco vazio? Será que todos os passageiros já embarcaram? Não estou vendo nenhuma movimentação dentro desse navio...

É verdade, a embarcação amarela e branca parece simplesmente abandonada. Exceto por nós, não há mais ninguém no cais, e a rampa de embarque de veículos está levantada... Corro para me informar na capitania. Volto na direção de nosso pequeno grupo, que se instalou à sombra de um depósito, ele também deserto.

— Vocês não vão acreditar: a capitania está fechada.

— É mesmo? E não tem um aviso em algum lugar?

— Tem, tem sim. Está escrito que a companhia marítima está em greve por um período indeterminado.

Todos ficam boquiabertos por alguns instantes. Até a vozinha de Victor comentar com muita exatidão:

— Isso não se faz!

Procuro me informar pelo telefone com a agência que nos vendeu os bilhetes de navio. Eles nos propõem que sigamos até Toulon para fazermos a travessia. Toulon fica a 70 quilômetros... Tentei chamar um táxi. Não houve jeito. Acabo partindo sozinho, a pé, até a estação de trem de Marselha, a fim de encontrar não um, mas dois táxis. Os viajantes que desembarcam enlouquecidos fazem o mesmo. Não tem táxi. Volto andando até o centro da cidade, me enfio por ruelas semelhantes à casbá de Argel. Falei em árabe com os velhos que mascavam fumo na porta de casa e acabei conseguindo um disposto a me ajudar em troca de uma pequena soma.

Só vendo a cara dos outros, quando chegamos ao porto... Nosso chofer era o feliz proprietário de um Peugeot 305 tão devastado que não tinha como sair do território francês naquele verão. Para se ter uma ideia...

— Abdel, nós não vamos embarcar nisso, não é?

— Vamos, sim, minha cara Laetitia! A menos que você queira ficar aqui?

— Você deve estar louco mesmo! Eu não vou. Não vou!

A adolescente, burguesa até a ponta das unhas — pintadas, é claro, aos 15 anos! —, nos presenteia com uma crise histérica. Ela está absolutamente horrorizada. Seu pai, incrédulo, comenta:

— Abdel, excluindo todo o aspecto de conforto, como você quer que embarquemos os oito num carro desse?

— Nove, somos nove, Sr. Pozzo! Não nos esqueçamos do chofer...

E nós conseguimos de fato. Até Laetitia sobreviveu.

– 30 –

Esse tipo de cena serve sempre para fazer rir nos filmes. Quer dizer... Os espectadores riem, os personagens não. Quando dá tudo errado, a gente acerta as contas, ressurgem as pequenas mesquinharias ordinárias, a natureza profunda de um e de outro se revela. Eles poderiam todos ter caído em cima de mim, me julgando responsável pela pane, já que era eu o motorista, me enchendo de críticas porque deixara os dois táxis irem embora cedo demais, porque não havia garrafas de água suficientes no carro, porque havia sido minha, além de tudo, a ideia de sair de férias! Nenhum deles disse nada desagradável. Como ocorrera dentro do furgão, onde todos haviam suportado o calor sem chiar, eles preferiram rir da situação. Rir pelo pai, pelo irmão, pelo tio, que, por sua vez, não se queixava. Rir pelo Sr. Pozzo, o primeiro a achar graça da nossa falta de sorte. O trajeto de Paris a Marselha o esgotara, muito mais do que a nós, ele sofrera sendo sacudido e submetido ao barulho do caminhão de gado e à nossa algazarra. Ele demonstrava um enorme cansaço, colocando sua saúde já tão frágil em risco. Mas não, ele não protestava. Ele nos observava, um de cada vez, como se voltasse a se dar conta do prazer de se encontrar vivo entre nós. Não quero dizer somente entre os membros de sua família, mas entre todos nós.

Eu chegara até ele um ano antes, por acidente, e fiquei em sua casa apesar de praticamente não ter tomado tal decisão. Contra todas as expectativas, me comportei como um verdadeiro auxiliar de vida: eu virava as páginas de seu jornal, colocava o disco que ele queria escutar, levava o café como ele gostava, misturava o açúcar da bebida e levava a xícara a sua boca. Com meu corpo, com tudo o que era capaz de produzir, com minha força e minha alegria de viver, eu atenuara suas deficiências. Durante algumas semanas que precederam a morte de Béatrice, e as que se seguiram, não o deixei sozinho nem por um instante. A palavra trabalho não significava para mim o mesmo que para um cara sério que teme perder seu emprego e não conseguir mais pagar as contas. Eu não dava a mínima para a segurança no emprego e mantinha sempre irreverência suficiente para partir sem mais nem menos, se eu tivesse vontade. Não havia mais horários, não havia mais vida privada, já não via mais meus camaradas, e isso não fazia diferença alguma para mim. Eu tinha ficado, só isso. Não era um herói nem uma freira. Fiquei porque não somos animais, afinal de contas...

Eu vivera aqueles momentos difíceis seguindo o mesmo raciocínio de quando estava preso em Fleury-Mérogis: a situação era lamentável, fora do meu controle, mas eu sabia que um dia ela chegaria ao fim. Era só esperar. Semanas mais tarde, neste cais do porto de Marselha, diante de um navio em que ninguém nos aguardava, percebi que eu estava livre novamente.

Porque o Sr. Pozzo, mais uma vez surpreendido por uma situação absurda, escolhia a vida.

Assim, diante daquele homem que tinha a generosidade de rir, entendi que algo além do trabalho nos unia. Nada a ver com um contrato, nem mesmo uma obrigação moral. Junto aos meus camaradas, e mesmo meus pais, eu escondia uma verdade da qual não tinha consciência: eu assegurava a todos que continuava com meu patrão para aproveitar de sua fartura, para viajar com ele, viver no conforto entre móveis luxuosos e dirigir um carro esporte. Havia um pouco disso, é verdade, mas tão pouco. Acredito realmente que eu amava esse homem, simples assim, e que ele me retribuía esse afeto, de modo igualmente natural.

Melhor morrer numa queda de parapente do que admitir isso.

– 31 –

Acompanho o Sr. Pozzo a todos os lugares. Absolutamente todos. Agora que ele se recuperou — um pouco — da morte da mulher, voltamos a nos virar sem enfermeira e sem auxiliar de enfermagem. Aprendi a fazer o que é preciso, tratar as escaras, cortar as fatias de pele morta, colocar a sonda. Isso não me provoca repulsa. Somos todos fabricados da mesma maneira. Foi para compreender a dor que precisei de tempo. Nunca me diverti despejando o conteúdo de uma chávena sobre suas pernas, como meu personagem, no filme *Intocáveis*: o Sr. Pozzo não sente nada, é verdade, eu entendi. Mas, então, por que ele berra desse jeito? Ele é sensível àquilo que não funciona corretamente no interior de seu corpo. Uma questão de terminações nervosas, ao que parece. O único elo a unir ainda esse espírito a seu envelope passa então pela dor, nunca pelo prazer. Quanta sorte...

Finalmente, chegamos à Córsega. Eu estava esperando ficar em uma casa de ricaços, como as que se veem na região, velhas construções de pedra com piscina transbordando, e me encontro dentro de um castelo em ruínas, nas montanhas de Alata, bem perto de Ajaccio. A história do lugar me fascina. Esse castelo foi construído com os restos de um palácio, antigamente situado no jardin des Tuileries e incendiado pelos *communards* — se entendi direito, uma nova geração de revolucionários — em 1871. Uma dezena de anos mais tarde, no momento em que seria totalmente destruído, o bisavô do Sr. Pozzo comprou as pedras e fez com que elas fossem transportadas até a Córsega, e lá construiu uma edificação idêntica! Eu imagino a obra, ou melhor, não, nem imagino. Quando eu vejo como isso é feito hoje em dia... Os trabalhos de restauração dos telhados acabam de começar. Parece-me que os operários não são suficientes e que isso vai durar pelo menos dez anos.

Nos instalamos dentro de uma torre situada na vizinhança, é preciso passar por uma ponte suspensa para chegar lá — estamos na Idade Média. Brinco com o Sr. Pozzo, eu o chamo de Godefroy de Montmirail. Ele não viu o filme *Os visitantes*; acho que esse gênero de comédia tipicamente francesa não lhe agrada muito.

Seus ancestrais repousam numa capela a alguns metros de nós. O Sr. Pozzo me informa que o lugar dele o aguarda. Que continue aguardando... Esgotado pela viagem caótica, ele fica realmente doente. Um bloqueio vesicular do qual parece impossível se livrar. Durante três dias e três noites, eu o vejo sofrer como nunca. No canteiro de obra, os operários batem seus martelos. Eles param de vez em quando, surpresos pela intensidade dos berros que saem da torre. Sinceramente, nunca vi um homem chorar tanto.

— É melhor ir para o hospital, não acha?

— Não, Abdel, por favor. Quero ficar em casa. Não posso perder a festa.

Tínhamos previsto acolher o povo da aldeia à qual ele é ligado. Eles choraram pela madame Béatrice três meses antes, o conde deseja agradecer-lhes. Mas está pregado na cama e nenhum analgésico faz efeito. Somente no hospital poderiam ajudá-lo. Ele não quer e acabo cedendo. As crianças se sentem em casa em La Punta, já vieram várias vezes aqui em família; o Sr. Pozzo se recorda de Béatrice neste lugar carregado de história e carregado da história deles, não me vejo privando-o desses reencontros.

Acabou que fiz o que era necessário. Na manhã da festa, o sofrimento se foi. Preparamos o *méchoui*, um churrasco de carneiro. Vou buscar o animal, faço-o sangrar e assar, como um serviçal de antigamente. Os membros do coro polifônico de Alata estão presentes. Cantam em círculo, todos se entreolhando, com uma das mãos sobre o ouvido. As vozes graves ressoam nas árvores e na natureza. Só mesmo um bronco para não apreciar. Até em mim elas produzem efeito... A festa é magnífica, o fidalgo em seu trono de cadeira de rodas, libertado da dor física e de um pouquinho de sua pena.

*

* *

Nós não nos separamos mais.

Acompanho o Sr. Pozzo até os médicos na Bretanha, em Kerpape, o centro de reeducação onde ele foi internado após o acidente. Para os funcionários, ele diz alegremente:

— Deixem passar o Dr. Abdel!

É um homem grato.

Acompanho o Sr. Pozzo aos jantares para os quais ele é convidado. Nos restaurantes, faço deslocarem as cadeiras e as mesas, faço com que ponham os talheres de modo que eu possa lhe dar de comer adequadamente. Acontece de se esquecerem de servir a mim, seu auxiliar. O Sr. Pozzo explica ao chefe dos garçons que eu também preciso me alimentar.

Num domingo, almoçamos na residência de uma das famílias mais tradicionais. As crianças se vestem com paletó azul-marinho e camisa branca, as moças de vestidos pregueados e golas arredondadas. Pronunciam uma espécie de oração antes de atacar a entrada. Sou tomado por uma gargalhada incontrolável. Falo baixinho:

— Parece que estamos na casa da família Ingalls.

O Sr. Pozzo me olha, assustado.

— Abdel, comporte-se! E que família é essa?

— É preciso aperfeiçoar sua cultura! É a família da série *Os pioneiros*!

Todos me ouviram em torno da mesa. Eles me observam, chocados. O Sr. Pozzo faz a gentileza de não se desculpar por mim.

Eu o acompanho aos jantares que as pessoas de seu mundo organizam. Elas não conhecem muitos árabes, exceto talvez suas faxineiras. Interrogam-me sobre minha vida, meus projetos e minhas ambições.

— Ambições? Não tenho nenhuma!

— Ora vamos, Abdel. Você parece ser uma pessoa inteligente e trabalhadora, poderá fazer muitas coisas.

— Eu aproveito a vida. Não é nada mal. Vocês deveriam tentar, todos vocês, ficariam com uma fisionomia melhor!

Na volta, o Sr. Pozzo me dá um sermão.

— Abdel, graças a você, eles vão tomar todos os árabes por preguiçosos e vão votar na Frente Nacional.

— O senhor acha mesmo que esperaram me conhecer para fazer isso?

*
* *

É a inauguração da FIAC, Feira Internacional de Arte Contemporânea. O patrão, colecionador ocasional, é convidado por várias galerias a uma pré-vernissage: uma estreia sem a multidão. Tudo entre a gente, não é mesmo? Essa gente fede a dinheiro e desdém por todos os poros. Acima de tudo, que esnobismo... Um metro quadrado de tapete encontra-se estendido no chão, bem no centro de um estande. Olha só, um capacho vermelho! Mas para quê? Ah, sim, vejo uma etiqueta ao lado. Deve ser o manual de utilização: não pode ser pisado, mas podemos passar a mão por cima. E a obra é impressa, até que outra mão a transforme, ou a apague. Bobagem. Eu me agacho, mas não para bancar o artista. Conto os zeros, alinhados apertadinhos e bem pequeninos sobre a cartolina. Chega a centena de milhares de dólares. Está brincando!

— Você gostou, Abdel?

O Sr. Pozzo se diverte, vendo minha expressão desfigurada.

— Sinceramente, eu levo o senhor até Saint-Maclou e compro a mesma coisa por 5 francos! E vai poder escolher a cor, ainda por cima!

Continuamos nossa pequena e ociosa excursão. Um novelo de lã azul levita sobre um caule. É para espanar os cantinhos? Um velho projetor de slides é acionado ruidosamente a cada 5 segundos e lança sobre a parede uma imagem de praia em preto e branco. A arte é isso? As fotos são péssimas, não dá nem para ver os peitinhos das meninas! Traços de todas as cores emaranhados sobre uma tela. Em alguns pontos, há também triângulos, formas de todos os tipos, rabiscos... Procuro distinguir alguma coisa, um sujeito, um animal, um personagem, uma casa, um planeta... Viro a cabeça de todos os lados, me inclino para a frente, observo ao avesso, a cabeça entre as pernas. Ainda assim, não vejo nada.

— É a arte abstrata lírica, Abdel.

— Lírica como a música?

— Como a música!

— Sei. Bem, o efeito pra mim é o mesmo! Nenhum! E vejamos quanto custa esta pústula? *U-lá-lá*. Nem mesmo o senhor poderia comprar, para se ter uma ideia.

— Poderia, sim.

— Sei, mas não está a fim, não é? O senhor não quer comprar! Estou avisando, Sr. Pozzo, não conte comigo para pregar isso na parede e deixar na nossa frente o dia todo!

Não, ele não quer. Ele guarda sua grana para comprar cômodas. Porque também existem leilões exclusivamente de cômodas. De onde lhe vem essa mania de acumular cômodas? Ele nem sabe mais o que colocar dentro das gavetas. Pouco importa, continua comprando cômodas...

É verdade que, num apartamento de 450m², servem para cobrir as paredes. Ele as encontra em catálogos de vendas, em Drouot ou em outros lugares, e, quando não se sente bem, sou eu que vou no seu lugar. Geralmente, ele se arrepende: eu levo sempre a mercadoria, mas com frequência ultrapasso a soma máxima autorizada. Ele solta um suspiro e censura a si mesmo pelo seu excesso de confiança. Eu banco o aficionado.

— Mas, Sr. Pozzo, uma dessas não dava para deixar passar! Gostei demais!

— Você quer colocá-la no seu quarto, Abdel?

— Não, assim também não... É gentil da sua parte, mas seria uma pena privar seus olhos de admirá-la.

– 32 –

Fui interceptado quando estava no volante do Jaguar. E eu nem sequer tinha ultrapassado a velocidade permitida ou avançado algum sinal vermelho. Dois policiais em trajes civis me fecharam contra a calçada, a luz rotativa acesa, a sirene aos berros. Viram um magrebino de barba malfeita e malvestido dentro de um carro de luxo, não tiveram a menor dúvida. Eu estava deitado sobre o capô do carro, sem ter tido o tempo de me explicar.

— Calma, vocês vão arranhar a carroceria... É o carro do meu patrão.

Os caras deram uma risadinha atrás de mim.

— E você trabalha para ter patrão?

— Sou seu motorista e auxiliar de vida. Ele é tetraplégico. Vocês sabem o que quer dizer tetraplégico? Te-tra-plé-gi-co! Telefone para ele, se quiserem! Ele se chama Philippe Pozzo di Borgo, mora no 16º *arrondissement*, avenue Léopold-II, o número do telefone está no documento do seguro, dentro do carro.

Eles me reergueram, mas me mantiveram algemado pelas costas, o olhar cruel sobre mim. Após a averiguação, eles me soltaram, jogando os papéis do carro de cara fechada.

No dia seguinte, o Sr. Pozzo ria da minha pequena aventura.

— Então, seu Ayrton-Abdel? Fui acordado pela polícia no meio da noite! Espero que tenham sido gentis contigo, pelo menos?

— Foram uns anjos!

Acabei com o Jaguar. Eu disse que esse carro era perigoso: a gente não sente a velocidade. Em porte d'Orléans, não me dei conta de que estava indo rápido demais para a curva. Passei a noite no setor de urgências radiológicas e o Jaguar foi direto para o ferro-velho. Voltei para casa bem envergonhado.

— E aí, seu Ayrton-Abdel, fui novamente acordado pela polícia esta noite...

Entreguei as chaves ao Sr. Pozzo.

— Lamento muito, só sobrou isso.

— Você está bem?

Um anjo.

*
* *

Acompanhei o Sr. Pozzo a outro leilão de automóveis de luxo: é preciso substituir o Jaguar que eu destruí. Resolvemos nos presentear com um Rolls Royce Silver Spirit azul-marinho, superelegante, 250 cavalos, interior de couro bege e painel em madeira nobre. Quando a gente liga o motor, a insígnia da marca surge como por magia. Parece uma sereia alada. Nos lances iniciais do leilão, eu mesmo ergui a mão. Em seguida, o leiloeiro compreende tudo e observa os movimentos da cabeça do Sr. Pozzo. São necessários dois dias para regularizar as formalidades administrativas. Pego carona no carro de um colega e salto em porte de La Chapelle, depois volto sozinho para a rue Léopold-II, conduzindo essa pérola.

Imediatamente, vamos dar um passeio na Champs-Élysées, seguimos pela pista ao longo dos cais do Sena, depois tomamos o rumo da Normandia, extasiados com o silêncio que impera dentro do carro, qualquer que seja a velocidade.

— Que beleza, hein, Abdel?

— Demais, não tem nada mais bonito.

— Você vai tomar bastante cuidado, não é mesmo?

— É claro!

À noite, no conjunto de Beaugrenelle, meus camaradas duvidam da saúde mental de meu patrão.

— Deve ser louco para pôr um carro assim nas suas mãos!

Levo todo mundo para passear, uns e depois outros, alternadamente, como num parque de diversões. Meu pai admira a carroceria, minha mãe se recusa a entrar.

— Essas coisas não são para gente como nós!

Eu respondo que não sei o quer dizer gente como nós. Acrescento até que não vejo uma boa razão para que não seja para mim, Abdel Yamine Sellou. Ela acha graça.

— É verdade, Abdel, mas você não é como a gente!

Ela tem razão. Só penso em mim, me aproveito dos outros, tiro onda, uso as mulheres para meu próprio prazer, assusto os burgueses, desprezo meu irmão, mas gosto da minha vida com Pozzo. Brinco com Philippe Pozzo di Borgo como um filho brinca com seus pais: faço experiências, forço sempre a barra um pouquinho mais, busco os limites, não os acho, continuo procurando. Tenho tanta confiança em mim mesmo, estou tão cheio de mim, que nem percebo que ele está me transformando, assim, como se nada fosse.

– 33 –

Céline foi embora. Ela pretende ser mãe, não consegue se ver cozinhando a vida toda para dois adolescentes — que, de qualquer maneira, não gostam de nada —, um tetraplégico constantemente em dieta e um cara viciado em churrasco grego. Adeus, Céline. Eu assumo o fogão durante alguns dias. Tudo corre bem. Exceto que três faxineiras pedem demissão, uma depois da outra, esgotadas por ter de arrumar a bagunça que deixo ao longo do dia... Acolhemos Jerry, um filipino recomendado por uma agência de empregos. Mas precisamos mantê-lo afastado da lavanderia. Ele decide passar a ferro todos os ternos do patrão a 40ºC. O resultado é uma catástrofe. Estoico, vestindo um terno Dior, o último que lhe resta, o Sr. Pozzo contempla os trapos que o rapaz colocou no armário, como se aquilo não tivesse importância alguma.

— Abdel, eu tenho uma peça fundida inspirada em Giacometti no salão, sabe? Aquela estátua comprida perto da biblioteca? A gente poderia vesti-la com meu Hugo Boss. Acho que lhe cairia bem agora...

— Deixa para lá, Sr. Pozzo, isso não tem importância. Para onde a gente vai, não vai precisar de nada além de uma boa touca de lã.

*

* *

Partimos em viagem. A tia Éliane, uma senhora muito meiga e muito prestativa, insiste desde a morte de Béatrice em confiar seu bravo sobrinho Philippe aos bons cuidados de uma congregação de freiras do Quebec. Ela está de conluio com o primo Antoine, que é bem chegado a uma beatice. Ambos nos apresentaram o projeto com um argumento de força: mencionaram uma "terapia do amor".

— Sr. Pozzo! Terapia do amor! É exatamente do que o senhor precisa, é o que eu sempre disse!

— Abdel, não estamos falando exatamente da mesma coisa...

Pessoalmente, eu logo adorei a ideia. Como de costume, só escutei o que queria: a parte de monastério, retiro, seminário e freiras capuchinhas me escapou completamente. Para mim, o Quebec nunca passou de uma extensão da América, onde as pessoas têm o bom gosto de falar francês. Já me vejo imerso na modernidade, a imensidão dos espaços, cercado de Betty Boop, Marilyn e batatas fritas tamanho gigante. E já que, além disso, nos prometem amor... Laurence, a fiel secretária de Philippe Pozzo, se convida: ela se interessa muito por espiritualidade, meditação, toda essa bobagem. Quer "cumprir penitência", diz ela. Penitência, mas por quê? Sempre achei essa moça um tanto masoquista. Simpática, mas masoquista...

Aterrissamos em Montreal, mas não vamos diretamente para a congregação das irmãs. Seria uma pena não visitar primeiro o lugar, não? Eu adoro os restaurantes daqui. *Buffet à volonté*, em todos eles. A fim de não passar por comilão, voltando várias vezes para me servir, levo as bandejas diretamente para nossa mesa. O Sr. Pozzo ainda não desistiu de me educar corretamente, e me repreende.

— Abdel, isso não se faz... E, aliás, você andou engordando ultimamente, não?

— É só músculo! Não é todo mundo que pode dizer o mesmo.

— Está certo, Abdel, está certo...

— Ah, não, Sr. Pozzo! Eu estava me referindo a Laurence!

Para nosso transporte, alugamos um fantástico Pontiac bege. Fantástico, mas nada raro: aqui, todo mundo tem um igual. Não faz mal, estou vivendo meu sonho americano.

Na estrada para o monastério, o patrão me pede para parar e lhe comprar cigarros. Teme ficar sem quando chegar. Ele me preocupa um pouco.

— Se eles acabarem, eu vou buscar mais, não tem problema!

— Abdel, quando chegarmos lá, não sairemos mais. Vamos adotar o ritmo dos capuchinhos e seguiremos o programa do seminário até o final. Até o fim da semana.

— Programa? Que programa? E como assim? Não podemos sair do hotel durante oito dias?

— Não é um hotel, mas um monastério...

— Sei, bom, é mais ou menos a mesma coisa, não? Está certo, quantos maços de cigarros?

Estaciono o Pontiac diante da vitrine de uma loja de conveniência, vou comprar sua droga e retorno ao carro. Abro a porta do motorista, me deixo cair no assento e viro a cabeça para a direita, onde deveria encontrar o patrão. Ele mudou de cor. E de sexo. É uma enorme senhora negra que está ali sentada.

— O que a senhora fez do rapaz branco que estava aí há um minuto?

Ela me olha, erguendo as sobrancelhas até as raízes de suas tranças.

— Não, mas peraí! E quem é você, pra começo de conversa?

Dou uma olhada no retrovisor. No Pontiac estacionado logo atrás está o Sr. Pozzo, sorrindo, e Laurence, que imagino estendida no assento traseiro, morrendo de tanto rir, que Deus a carregue.

De repente, me sinto um grande idiota.

— Senhora, eu sinto muito. De verdade, hein, sinto muito mesmo. Não quis assustá-la.

— Mas eu não tenho medo nenhum de você, jovenzinho!

Jovenzinho! Ela me chamou de jovenzinho! Atravessar o Atlântico para vir aqui ser chamado de jovenzinho! Volto ao nosso carro, com o rabo entre as pernas. Verdade que ela não parecia assustada... Verdade também que eu devo ter 50 quilos a menos do que ela. E estou engordando, ao que parece! Ainda tenho uma boa margem!

*

* *

O monastério parece um chalé de montanha: todo de madeira, janelas sem parapeito, um lago e uns barcos. Será que as donas fornecem as varas de pesca? Philippe Pozzo faz parte dos convidados muito especiais: normalmente, as freiras só abrem suas portas para mulheres. Como as escolas, antigamente: meninas de um lado, meninos do outro. Não podem se misturar! Mas um tetraplégico é diferente... Desde o acidente, o patrão se sente cruelmente atingindo em sua virilidade, acho muito indelicado lembrar-lhe que ele não pode mais se misturar como desejaria. No que me diz respeito, sou admitido enquanto "auxiliar", continuo apreciando essa palavra. Tive tempo de refletir sobre o sentido que lhe dão: como na gramática, o auxiliar não tem função alguma enquanto está sozinho. É preciso acrescentar um verbo, senão não vale nada. Eu estava, por exemplo... Eu estava o quê? Eu estava dirigindo. Eu estava comendo. Eu estava dormindo. Nesse ponto eu concordo, sou um auxiliar e o Sr. Pozzo é o verbo principal. É ele quem dirige, quem come, quem dorme. Mas, sem mim, ele não é capaz. O que as freiras ignoram é que o auxiliar Abdel possui uma autonomia particular na gramática da vida. Mas logo irão se dar conta disso.

Elas me oferecem um quarto no andar térreo, bem ao lado do meu patrão — não, não vou admitir que isso poderia ser chamado de cela. O carro está no estacionamento, sinto-me sossegado: esta noite, meu verbo é "deitar". Assim que tiver colocado o Sr. Pozzo na cama, pretendo sair pela janela e ir de carro até a cidade mais próxima. Enquanto isso, entro no jogo. Como de costume, quando chego a um lugar que não conheço, eu observo. Coloco a cadeira de rodas de meu patrão à beira da passagem dentro da igreja, me encosto numa coluna próxima e cochilo com um olho. Com o outro, eu observo. Todas as noviças têm a expressão um tanto abatida, física ou moralmente. Ou ambas. Estão concentradas em seu sofrimento, que não as deixa em paz, as monopoliza, e elas tentam se libertar através das orações. Isso não me diz respeito. Algumas estão condenadas à cadeira de rodas, como o Sr. Pozzo. Eu as observo: não há nenhuma dúvida para mim de que, se a agência nacional de emprego tivesse me enviado a uma delas, eu não teria permanecido. Elas parecem realmente infelizes demais. Todos os fusíveis queimaram, não sobrou sequer uma ampola acesa lá em cima! Ao passo que, no Sr. Pozzo, ainda há uma luz piscando. Ele não se parece com elas. É um guerreiro-filósofo, um Jedi de *Guerra nas estrelas*... A força está com ele.

No restaurante — não, não vou admitir que isso poderia ser chamado de refeitório — ninguém fala. Mastiga-se e reza-se ao mesmo tempo, é o regulamento. Será que se pode rezar para que o que mastigamos tenha um gosto melhor? Quando penso que há comida à vontade a 20 minutos daqui... O Sr. Pozzo e eu resolvemos não nos olhar nos olhos. De modo algum! Começaríamos a rir imediatamente. Ele lê meus pensamentos e eu leio os dele. Não estamos realmente absorvidos em nossas meditações e, sinceramente, ele não está mais do que eu. Uma noviça me olha de soslaio. Tem um olhar sedutor. Se ela não for comportada, eu a embarco no Pontiac e vamos curtir as loucas noitadas do Quebec!

O problema é que não consigo sair do quarto pela janela. Ela não está fechada à chave, não tem barras de ferro, mas a escada metálica de emergência bloqueia os vidros pelo exterior. Se a casa pegar fogo, haverá um morto, um só. Rezarão por sua alma, e ele será chamado de São Abdel... Estou encurralado. Não se ouve nenhum barulho, estamos perdidos no meio da região rural de Quebec, uma coruja arrulha, uma capuchinha ronca, a escada de emergência está bem presa à fachada, não há nada a fazer. Vou me deitar.

No dia seguinte, lanço uma olhadela para a mulher ao nos cruzarmos no corredor. Ela nos cumprimenta sem hesitar.

— Oi! É verdade mesmo que vocês vêm da França?

Essa figura está entre os fiéis de Deus. Está acostumada a esse tipo de seminário. Trata com intimidade as freiras do local. Se ela se acha no direito de falar em voz assim tão alta, deve ser porque conhece os regulamentos, os verdadeiros. Eu achava que era proibido falar.

— É verdade, sim, somos realmente parisienses... Diga-me, a dieta verbal é severa aqui?

— Ora, vamos, venha se sentar ao meu lado na cantina, hoie à noite. Poderemos nos conhecer melhor...

*

* *

De três pessoas — o Sr. Pozzo, Laurence e eu —, nosso grupo sussurrante logo passou a quatro. Depois a cinco, sete seminaristas. Depois, dez, quinze, vinte, a partir do meio da semana! Não sussurrávamos mais, o riso corria solto em torno de nossa mesa. Os rostos nos quais, ao chegarmos, eu havia lido o maior sofrimento, de repente, pareciam bem mais relaxados. Somente um grupo de depressivas irredutíveis mantinha-se ainda afastado, ao final da semana. Dei-lhes o apelido de ruins-de-riso. As capuchinhas, que não tentavam mais fazer com que nos calássemos, acabam rindo feito loucas.

— Meninas, vocês deveriam rebatizar este estágio.

— Por quê, Abdel? "Terapia do amor" não lhe agrada?

— Acho que é mais eficaz chamar de "terapia do humor".

– 34 –

O Sr. Pozzo realiza regularmente conferências maçantes diante de estudantes das grandes escolas de comércio e, nessas ocasiões, eu também o acompanho. Ele fala da "brutalidade dos capitalistas", da "submissão dos assalariados ou sua exclusão", das "crises financeiras contra as quais os Estados são impotentes e que conduzem os assalariados a mais miséria". Ele trata como iguais a massa de estudantes que o escuta para atingir melhor cada um deles. Instalei sua cadeira de rodas no palco, diante de uns moleques de 20 anos usando terno e gravata, me sentei numa cadeira ao lado, a cabeça encostada à parede, sem escutar o que ele diz. Entediado, começo a cochilar. Mas de vez em quando uma frase de efeito pronunciada com maior convicção que as outras me desperta.

— A ética é a ética de vocês, e a ação é a ação de vocês. É no fundo de você mesmo, na sua interioridade, no seu mistério, no seu silêncio que você encontra o Outro, assim como o adubo da sua moral.

Nesse ponto, digo a mim mesmo que ele sabe do que está falando. De silêncio, de interioridade. Do Outro. Sou um deles. Antes de seu acidente, quando ele era todo-poderoso, quando nadava em champanhe Pommery como minha mãe no óleo de amendoim, será que teria ao menos olhado para mim? Se eu fosse convidado a uma festa organizada por sua filha insuportável, certamente eu iria embora levando um laptop. Hoje, quando ela convida uns babaquinhas do seu tipo, sou eu que assumo o serviço de segurança.

O grande sábio imóvel, espírito flutuando acima de seu miserável envelope carnal, ser superior libertado da carne e das necessidades básicas, ainda acrescenta uma camada:

— É depois de ter encontrado o Outro que seu olhar e sua ação dentro da sociedade vão se organizar.

Mas, francamente, ele acredita nisso? Os garotos à sua frente já pensam só em devorar uns aos outros, entre colegas de classe e filhos da elite! Seria preciso que todos os grandes patrões se esfolassem num parapente para "encontrar o Outro" e começar a respeitar mais as pessoas tais como elas são...

Tudo bem, seria preciso igualmente que os caras como eu parassem de aplicar seus golpes rasteiros. Como diz o Sr. Pozzo, é preciso acrescentar às palavras solidariedade, serenidade, fraternidade e respeito à palavra "humildade". Entendo perfeitamente, mas eu, eu sou o melhor. Está testado, aprovado e validado pelo patrão, que me repete isso dez vezes por dia. Portanto, a humildade... Adormeço novamente.

*

* *

Cometo erros, faço gestos desajeitados, me empolgo facilmente, minhas mãos se agitam e minha boca às vezes vomita frases malvadas. O Sr. Pozzo se muda para um apartamento no último andar de um prédio novo — mas de altíssimo nível, evidentemente — no mesmo bairro. Portas envidraçadas em todo o comprimento, ensolarado, uma estufa. Até mesmo para ele é quente demais. O elevador é suficientemente amplo para sua cadeira de rodas elétrica e para mim. Mas se um carro estaciona na portaria, sobre a calçada estreita, não conseguimos sair.

Certa manhã, na hora do café, ficamos bloqueados. O dono do veículo está em pé, conversando com um cara no meio-fio. Peço-lhe para tirar o carro. E rápido.

— Só mais um minuto.

O minuto passa.

— Retire esse carro daqui, imediatamente.

— Um minuto, eu já disse!

Ele mede quase 1,90m, 100 quilos, minha cabeça chega à altura de seu ombro. Dou um soco no capô, que afunda bem em cima do radiador. Ele começa a me insultar, e aí eu me zango.

Alguns minutos depois, a caminho do café, o Sr. Pozzo me dá uma lição de moral minimalista, a seu modo.

— Abdel, você não deveria...

É verdade, pouco depois, me encontro no tribunal. O cara deu queixa de agressão, chegou até a apresentar um atestado médico informando que foi vítima de uma ITT, uma interrupção do tempo de trabalho, de oito dias. Não tenho muita dificuldade para convencer o juiz que um homenzinho como eu, auxiliar de vida de uma pessoa tetraplégica, não poderia ter infligido uma surra a um gigante daquele. Eles me soltam. Quem é o melhor?

Talvez não seja eu. Acontece às vezes de estar carregando o Sr. Pozzo e deixá-lo escorregar. Ou então, sou subjugado pelo seu peso e perco a direção. Ele bate com a testa. Eu deveria dizer: eu bato com a sua testa. Sou o único responsável. Logo surge um calombo, como um ovo crescendo em velocidade acelerada sob a pele. Exatamente como o gato Frajola, quando o ratinho lhe acerta com uma frigideira na cabeça! E nem consigo conter minha risada. Corro para apanhar um espelho. É preciso que ele veja isso antes que desapareça. Algumas vezes, ele ri comigo. Outras, nem um pouco. Ele diz:

— Não aguento mais, não aguento mais ser danificado...

Às vezes, de fato, o Sr. Pozzo não suporta mais. Nas suas conferências, nunca se esquece de mencionar o desânimo no qual não se deve nunca deixar cair. Ele pode se orgulhar de mim: exceto seu corpo, que às vezes não seguro direito, eu nunca deixo cair nada.

– 35 –

Quando Mireille Dumas propôs a Philippe Pozzo di Borgo realizar uma reportagem sobre ele e, consequentemente, sobre a relação entre nós dois, ela primeiro se dirigiu a ele. Dirigiu-se a ele como as pessoas se dirigem ao Poderoso Chefão, com deferência e respeito. Estávamos em 2002, ele acabara de publicar seu primeiro livro, era o proprietário de sua história e, além disso, da história de nós dois. A produtora não consultou diretamente o jovem Abdel, do qual ele nem sempre fala em termos elogiosos em seu livro. Aliás, felizmente: eu não atendo o telefone quando não conheço o número que está chamando; não respondo quando a voz na mensagem gravada não me agrada muito; ignoro solenemente os e-mails que se acumulam na minha caixa de mensagens.

Foi o próprio Sr. Pozzo que me pediu para participar do documentário que lhe seria dedicado. Dei a única resposta possível quando esse homem me pergunta alguma coisa, seja lá o que for: sim.

Mireille Dumas e sua equipe foram realmente simpáticas, o exercício não me foi penoso. No palco do programa, *Vie privée, vie publique*, eu e o Sr. Pozzo nos encontramos lado a lado, entrevistados pela jornalista, no mesmo plano. Eu não me sentia constrangido, mas tampouco orgulhoso de estar ali. Eu observava a decoração, tentava responder corretamente, com naturalidade, sem gaguejar, sem me forçar. Ouvi minha voz pronunciar a palavra "amizade". Apesar de sua insistência, eu tratava ainda meu "amigo" por "senhor". Por uma razão que ignoro, me sentia incapaz de chamá-lo pelo nome. E ainda é assim hoje em dia. No entanto, no título deste livro, o "você" veio de forma natural, como um grito do coração...

No dia seguinte à exibição do programa, fomos informados pela produção que, no momento de nossa entrevista, eles tinham alcançado um pico de audiência formidável. Fiquei incrédulo, mas não orgulhoso. Como diz com muita propriedade Pozzo, eu sou "insuportável, vaidoso, orgulhoso, brutal, inconstante, humano", mas não busco a glória, não gostaria de ser reconhecido nas ruas e não me vejo dando autógrafos. Não se trata de modéstia: não tenho nenhuma. É simplesmente que não fiz nada para merecer a admiração de desconhecidos. Empurrei uma cadeira de rodas, anestesiei com um baseado um homem cujos sofrimentos pareciam intoleráveis, acompanhei-o durante alguns anos dolorosos. Dolorosos para ele, não para mim. Eu fui, diz ele, seu "diabo guardião". Francamente, isso não me custou muito, e chegou mesmo a me dar muito, e mais uma vez, para retomar esta fórmula que justifica o incompreensível: não somos animais, afinal de contas...

Mais recentemente, quando várias equipes de cineastas sucessivamente planejaram adaptar nossa história para o cinema, também não concordei diretamente. Fui consultado, obviamente, mas só podia dar uma resposta: a mesma que a do Poderoso Chefão. Não pedi para ler o roteiro, não perguntei quem faria o papel do auxiliar de vida. Eu me sentia próximo de Jamel Debbouze, mas compreendi que não era o homem adequado para a missão! Após a filmagem, descobri que eu tinha inúmeros pontos em comum com Omar Sy: não apenas ele cresceu num conjunto habitacional popular de Trappes, mas também foi criado por pais que não eram os seus. Ele também foi oferecido como um presente. Eu o encontrei pela primeira vez em Essaouira, onde Khadija — a nova mulher do Sr. Pozzo — organizou uma festa surpresa de aniversário pelos 60 anos do marido. Ele sentou-se ao meu lado, um cara simples, aberto, natural. Nós conversamos como se nos conhecêssemos desde sempre.

O filme me surpreendeu. Ao mesmo tempo em que assistia cada cena na tela, eu me lembrava dos momentos tais quais realmente os vivi. Voltei a me ver com 25 anos, diante dos policiais, explicando que meu patrão estava sofrendo uma crise de hipertensão e que era preciso levá-lo rapidinho para o hospital, questão de vida ou morte! Eu me perguntei: *Mas eu era de fato imprudente a esse ponto? E por que ele quis ficar comigo?* Acredito que nem ele nem eu nem ninguém jamais estará em condição de entender um lance assim tão louco. Quando toquei a campainha da sua porta, eu ainda não era um cara generoso. Acontece que Olivier Nakache e Éric Toledano criaram um duplo de mim. Um outro Abdel, numa versão melhorada. Fizeram do meu personagem uma estrela do filme, tanto quanto o personagem de Philippe, interpretado por François Cluzet. Era sem dúvida a melhor maneira de transformar o drama numa comédia e atender assim ao desejo do Sr. Pozzo: fazer rir de sua infelicidade para evitar a piedade e os sentimentalismos. Não me recordo sequer de ter assinado um contrato com a produção do filme. Mas por que assinaria um? O que cedi a eles, eu, Abdel Yamine Sellou? Algumas piadas, nada mais. E mesmo essas piadas, elas pertencem ao Sr. Pozzo, pois foi ele que as relembrou. Na vida verdadeira, não sou seu parceiro em parte integral, somente um coadjuvante, quase um figurante. Eu não sou modesto: eu sou o melhor. Mas o que fiz, de verdade, foi fácil.

Depois da televisão, depois do cinema, foram os editores que vieram a mim. Diretamente desta vez. "Já conhecemos o Driss, queremos conhecer o Abdel", disseram-me. Eu os adverti: o árabe baixinho e barrigudo talvez seja menos simpático do que o negro grande com dentes de diamante. Acharam graça, não acreditaram em mim. Pior para eles... Sou um jogador, e lhes disse: *aceito o desafio*. E lá fui eu contando minha vida, mais ou menos na ordem. Primeiro, Belkacem e Amina, aos quais não dei apenas alegrias, percebo isso agora. Só agora, depois de mais de 40 anos, muito bem, seu Abdel... A insolência, a malandragem, a prisão. Tudo bem, Abdel, erga a cabeça, faz de conta que está orgulhoso. Diga a todos eles: ainda estou de pé! O Sr. Pozzo, finalmente. O Sr. Pozzo, finalmente e principalmente, Senhor Pozzo com um grande S e um grande P, maiúsculos, desde a sua inteligência até seu cofre, passando pela dignidade.

E, de repente, é nesse ponto que o bicho pega.

Quem sou eu para falar dele? Eu me tranquilizo, me consolo, desculpo a mim mesmo: o que acabo de contar aqui, o próprio Sr. Pozzo não esconde. Foi ele quem quis que François Cluzet, no primeiro encontro entre ambos, assistisse aos cuidados a que é submetido cotidianamente. As escaras, esses pedaços de pele morta que cortamos com tesoura, a sonda... Não poderão criticar um homem tetraplégico por sua falta de pudor: ele não controla mais seu corpo, então este não lhe pertence mais, pertence aos médicos, aos cirurgiões, aos auxiliares de enfermagem e às enfermeiras, e até mesmo aos auxiliares de vida que dele se apropriam. Pertence ao ator encarregado de desempenhar o papel, aos espectadores aos quais se solicita a compreensão. Compreender a moral da história: perder sua autonomia física não é perder a vida. Os deficientes físicos não são animais exóticos que podemos observar diretamente, e tampouco há motivos para evitar seu olhar.

Mas quem sou eu para falar de sofrimento, de pudor, de deficiência? Simplesmente tive mais sorte do que a massa de cegos, que não tinha visto nada antes de assistir a *Intocáveis*.

Eu me coloquei a serviço de Philippe Pozzo di Borgo porque era jovem, jovem e besta, porque queria dirigir carros magníficos, viajar em primeira classe, dormir em castelos, beliscar a bunda das burguesas, me divertir com seus gritinhos sufocados. Não me arrependo de nada. Nem de minhas motivações de antes, nem daquele que eu ainda sou. Mas tomei consciência de uma coisa ao contar minha vida neste livro: meu crescimento se deu ao lado do Senhor Pozzo, com um grande S e um grande P, em maiúsculas, da esperança ao apetite de viver, passando pelo coração. E pronto, agora sou eu que estou ficando lírico, como a arte abstrata...

Ele me ofereceu sua cadeira de rodas como muleta para eu me apoiar. E ainda a uso hoje em dia.

– V –

Um novo começo

– 36 –

Depois de alguns anos ao seu lado, eu disse chega ao Sr Pozzo.

Cruzar seus braços sobre a barriga, jogar seu corpo para a frente, levá-lo até a cadeira de rodas, desdobrar seus membros como o papel de uma embalagem de chocolate, colocá-lo na posição certa, enfiar-lhe os tênis de ginástica, cuja sola permanecerá nova para sempre... Eu disse, chega.

— Como, chega? Abdel, você está me abandonando?

— Não, vou continuar, mas não posso considerar isso como meu trabalho, então, vou continuar, pode contar comigo, mas eu e o senhor vamos fazer outra coisa. Vamos nos tornar sócios.

— Abdel, sou eu que preciso de você e não o contrário.

— Mas claro que eu preciso do senhor! Gostaria que nós montássemos um negócio, juntos. Eu tenho os braços, o papo, mas me faltam os modos. A papelada, as contas, não entendo nada disso. Ficar de papo com os banqueiros é a mesma coisa, eu não sei como agir. O senhor sabe.

— Quanto ao papo, meu caro Abdel, você superestima minha flexibilidade.

Ele teve uma ideia genial, a tal ponto que, durante a sua execução, digo a todos que foi minha: aluguel de carros com a entrega do veículo no local onde o cliente desejar. Não é mais necessário se deslocar até uma locadora: o cliente telefona, dá seu endereço, levamos a chave até sua casa e vamos embora por meios próprios. A empresa se chamará Téléloc, pertencerá ao Sr. Pozzo, e apenas a ele, só estarei ali para aprender.

Para começar, o chefe resolve que dispensaremos os banqueiros.

— Como assim? Vamos precisar comprar uns vinte carros, afinal de contas!

— Não se preocupe, Abdel. Tenho algumas economias.

— Algumas economias? Ah, sei. Como é mesmo que o senhor chama isso? Um eufo...

— Um eufemismo.

Adoro aprender palavras novas.

O Sr. Pozzo só estabelece uma única condição para minha presença nessa empresa: que eu nunca me sente ao volante de um dos carros da frota.

Porque eu também acabei com o Rolls Royce. E, mais uma vez, não foi minha culpa. O aquecedor funciona muito bem nesta cabine sobre quatro rodas e, como de costume, o Sr. Pozzo estava com frio. Já era noite quando seguíamos pela estrada para o sul da França, uns 29°C dentro do carro.

Claro que acabei adormecendo. Ouvimos uma espécie de "crack-bum", o som de uma carroceria se chocando contra o para-choque de um velho Golf. Imediatamente, percebi outro ruído estranho, mais do tipo "tchong!". Era o barulho da cabeça de meu passageiro, deitado atrás, sendo projetada contra o assento da frente. Assim que chegaram, os bombeiros se interessaram primeiro por mim.

— O senhor está se sentindo bem?

— Ótimo.

Em seguida, foram olhar atrás e viram o corpo do Sr. Pozzo, e logo perderam o interesse em mim.

— Tem um presunto aqui atrás!

Quanta delicadeza! Eu recoloquei o Sr. Pozzo no seu assento, passei a mão no calombo sobre a têmpora, desamassei a carroceria com uma barra de ferro e seguimos nosso caminho.

— Tudo bem, Abdel? Você adormeceu no volante?

— Nada disso! Foi aquela mulher na frente, ela nos fechou com o carro dela!

Primeiro capítulo: Abdel tem sempre razão.

Segundo capítulo: quando Abdel estiver errado, referir-se ao capítulo precedente.

Nunca falei que era uma pessoa de boa-fé.

*
* *

Alugamos um escritório em Boulogne para instalar a Téléloc. Três salas. A primeira serve de dormitório para os funcionários: Youssef, Yacine, Alberto, Driss. São meus camaradas do conjunto habitacional, da pizzaria e do Trocadéro.

Nenhum deles tem documentos — nem sequer carteira de motorista, não preciso dizer —, eles vivem ali 24 horas por dia, os cobertores acumulados no chão, uma borra de café apodrecido dentro de uma xícara, o chá de hortelã em perpétua infusão. Uma segunda sala serve de escritório para Laurence, que contratamos a fim de realizar todas as tarefas que exigem duas mãos válidas e um cérebro. A terceira sala, onde tem instalação hidráulica, serve de cozinha e banheiro... e de casa para os dois pitbulls de Youssef, que regam copiosamente o tapete. Nesse ambiente de trabalho a coitada da Laurence começa a pirar.

— Abdel, diga ao Youssef que leve os cães para mijar em outro lugar.

— Laurence, você queria cumprir uma penitência! É uma oportunidade imperdível!

Ela tem bom humor e acha graça.

A aventura dura alguns meses. O tempo de enviar alguns carros para a oficina. De acumular reclamações dos clientes: os veículos chegam sujos, o tanque vazio e nossos motoristas exageram às vezes na falta de tato, a ponto de pedir que o cliente lhe dê uma carona até Boulogne... ou outro lugar! O tempo de colher as queixas dos vizinhos (os pitbulls regam também o elevador). O tempo de eu ir parar nas mãos da polícia.

— Abdel, não se pode colocar os clientes dentro da mala do carro — explica-me o Sr. Pozzo, depois de me soltarem.

O indivíduo em questão havia alugado um carro e se recusava a devolvê-lo. Eu fui buscá-lo pessoalmente com Yacine. Nossa intenção era apenas dar uma liçãozinha ao ladrão. Aliás, ele reconheceu seu erro, visto que não deu queixa contra nós.

— Abdel, assim não é mais possível. Esta empresa não é mais a Téléloc, virou Téléchoque! Você está ciente de que teremos que liquidá-la?

*

* *

Esse meu Poderoso Chefão é um grande fidalgo. Nunca profere ameaças, não pede para ver os livros contábeis

— Sr. Pozzo, podemos tentar outra coisa?

Ele é um jogador, talvez ainda mais do que eu.

— Alguma ideia, Abdel?

— Bom... Os leilões, rola muito dinheiro nisso, não?

— Os carros, outra vez?

— Não, pensei nos leilões do setor imobiliário...

As liquidações públicas.

Trata-se de encontrar apartamentos em mau estado, recuperá-los e revendê-los imediatamente, embolsando de passagem a mais-valia. Infelizmente, Alberto, Driss, Yacine, Youssef e seus pitbulls não eram mais experientes em hidráulica e pintura do que no volante de um carro. O Sr. Pozzo rapidamente me reorientou para uma atividade na qual poderíamos nos contentar com nossas próprias competências. Havia também outro objetivo: mudar de paisagem.

— Abdel, Paris não me convém mais. Frio demais, úmido demais... Você não teria um destino mais ensolarado a me propor?

— Destino é o que não falta. Antilhas? Ilha de Reunião? O Brasil? É isso... Brasil...

Já posso me ver bebericando um suco de goiaba numa praia de fantasia, cercado de garotas de fio-dental.

— O Brasil, Abdel, é um pouco longe demais. Meus filhos estão grandes, mas eu gostaria de não ficar a mais de duas ou três horas de distância deles. E se fôssemos ver o que podemos fazer no Marrocos?

— Marrocos? Fantástico, adoro o Marrocos!

É verdade. Sempre achei que o cuscuz era mais gostoso na casa da mãe de Brahim.

– 37 –

Eu conheço o rei do Marrocos. Somos muito amigos, já fizemos muitos favores um para o outro, sei que posso contar com ele para organizar nossa estada em seu país. Eu falo de Abdel Moula I, o rei dos perus. Nós nos conhecemos em Paris, nas circunstâncias nebulosas das ruas. A vida em seu país de origem lhe fez um bem incrível.

O Sr. Pozzo e eu aterrissamos em Marrakech. Um clima ameno nos envolve assim que descemos do avião. Já se veem as palmeiras.

— Que beleza isto aqui! Não é mesmo, Sr. Pozzo?

Uma limusine nos aguarda. Magnífica.

— Como é lindo isto aqui! Não é verdade, Sr. Pozzo?

Seguimos para o endereço que nos indicou meu amigo... Um *riad*. A porta está trancada e eu não tenho a chave.

— É uma pena isto aqui! Não é mesmo, Abdel?

Ele não vai levar a melhor. Conheço outro endereço. Outro *riad* dentro da Medina. A limusine nos deixa na place Jemaa-el-Fna, os encantadores de serpentes se afastam ao ver a cadeira de rodas que empurro com dificuldade até uma ruela. O chão é de terra batida. Os pedestres andam colados à parede à direita, as bicicletas seguem pela esquerda e nós avançamos pelo meio, evitando os buracos. O Sr. Pozzo já está arrependido da viagem. E se arrepende ainda mais quando percebe que o único quarto situado no andar térreo dentro do *riad* se abre para o pátio e não tem nenhum aquecimento. Lanço de novo minha piada preferida:

— Vou comprar aquecedores elétricos. Não se mexa!

— Não vou me mexer, não, Abdel. Não vou a lugar algum...

Acontece que eu tive um pequeno contratempo. Aconteceu que a mão de alguém — a minha — foi parar na cara de um segurança de estacionamento pouco atencioso. Mas quando volto, finalmente, estou em condições de transformar o quarto numa estufa. E isso é urgente. O Sr. Pozzo treme da cabeça aos pés.

— Aí, está vendo? O senhor não para de se mexer!

A partir do dia seguinte, iniciamos nosso périplo pelo país. Meus talentos de motorista enfrentam árduas provas. Nos perdemos várias vezes, mas nunca por minha culpa: não faz sentido colocar tanta neve nas estradas da montanha Atlas e tanta areia no deserto! Finalmente, paramos em Saïdia, chamada a "pérola azul do Mediterrâneo", localizada no extremo norte do país, perto da minha Argélia natal. Uma praia paradisíaca, hotéis gigantescos aos montes e nada para fazer. Assim sendo, pode-se fazer de tudo! Pensamos em criar um parque de lazer para os turistas. É preciso encontrar um terreno, obter as autorizações necessárias junto ao prefeito, que é quase impossível de ser encontrado. Os dias se estendem, nem sempre de modo eficaz.

Na recepção do hotel onde estamos hospedados, há uma mulher muito bonita. Quando cruzo seu olhar, alguma coisa acontece. Uma coisa nova. Algo que me paralisa. Que me deixa pregado. Que me fecha o bico. Estranho, isso me lembra o tipo de mal-estar que senti a primeira vez em que cheguei à casa de Philippe Pozzo di Borgo. Tento ser razoável. Estamos apenas de passagem por aqui.

"Abdel, você também estava só de passagem pela rue Léopold-II, lembra?", zomba o Grilo Falante que trago dentro de mim. Eu lhe digo friamente para cair fora e ir encher o saco do Pinóquio. Devo ter pensado alto. A bela recepcionista olha para mim e começa a rir. Deve achar que sou completamente louco. Começou mal.

O Sr. Pozzo e eu levamos a sério nosso projeto, mas logo percebemos que precisaremos de meses para concretizá-lo. Voltamos a Paris e colocamos Laurence no lance (para tudo que demanda duas mãos válidas e um cérebro, mais uma vez). Multiplicamos nossas idas e vindas. Nos hospedamos sempre no mesmo hotel, é claro. A cada vez, a bela moça da recepção me sorri, atenciosa, distante, misteriosa. Eu me sinto um imbecil diante dela.

Ela me diz:

— Abdel Yamine, você me agrada.

E depois:

— Abdel Yamine, você me agrada muito.

E finalmente:

— Abdel Yamine, se me quiser tem que casar comigo.

Aí já é outra coisa... Ela faz parte de uma ninhada de irmãs. Nunca um irmão mais velho fez com que se calasse, ela leva a vida como quer, faz as próprias escolhas. Ela pergunta ao Sr. Pozzo:

— Na sua opinião, é uma boa ideia eu me casar com Abdel Yamine?

Ele lhe dá sua bênção, como um pai. Mas como o pai de quem? Dela ou meu?

*

* *

A bela moça se chama Amal. Nós temos três filhos: Abdel Malek nasceu em 2005. Eu o considero o intelectual da família: sempre bem-comportado, aprende direito suas lições e não bate demais nos menores. Nosso segundo filho, Salaheddine, chegou um ano depois. Ele teve sérios problemas de saúde ao nascer, sofreu várias operações complicadas, é um guerreiro. Entre nós, o chamamos Didine, mas ele tem alguma coisa de Rocky Balboa. Eu me reconheço nele, prevejo para ele uma bela carreira de bandido, e isso deixa sua mãe furiosa. E, finalmente, nossa filha Keltoum, nascida em 2007. Seus cabelos são cacheados e belos, é esperta como uma raposa, combina encanto e malícia. Poderia tê-la chamado Candy. Por ora, Amal decide que é melhor pararmos por aí. É ela quem decide.

*
* *

Durante uma escala em Marrakech, o Sr. Pozzo conheceu uma pérola chamada Khadija. Eles se instalaram juntos em Essaouira, no litoral, onde nunca faz muito frio nem muito calor. Eles criam duas meninas que adotaram. Estão bem lá. Vou vê-los com frequência, sozinho ou com minha família, durante as férias. As crianças brincam todas juntas na piscina, suas vozes ressoam dentro de casa, cheias de alegria e de vida. Nas estradas marroquinas, se estou ao volante, nunca dirijo rápido demais...

Nosso projeto de um parque de lazer em Saïdia nunca se realizou, mas, francamente, não damos importância alguma a isso!

– 38 –

Eu já havia dito chega ao Sr. Pozzo quando sofri meu acidente. Eu não era mais seu empregado. Ainda estava ao seu lado, conduzindo-o sempre aonde ele precisava ir, todos os dias, fazendo cada uma das tarefas que tinha aprendido havia três anos, mas eu não era mais seu auxiliar de vida. Apenas estava na sua vida.

Em outubro de 1997, no início do feriado de Todos os Santos, ele me pediu para levar seu filho Robert-Jean até a casa da avó, na Normandia. O garoto se sentou atrás, sempre discreto e simpático. Yacine estava a fim de mudar de ares e sentou-se ao meu lado. Entrei no Safrane, no *meu* Safrane (vendi o Renault 25 para comprá-lo). Não chegamos muito longe: em porte Maillot, bem na saída do túnel para La Défense, o carro parou bruscamente. Enguiçado, sem mais nem menos, bem na pista do meio. Acionei os alertas, os outros motoristas começaram a buzinar, até compreenderem que não estávamos tentando estragar o dia deles, depois passaram a nos ultrapassar pela direita e pela esquerda. Um veículo de assistência da rodovia chegou rapidamente. Dois homens em macacão fluorescente instalaram balizas de segurança em torno do Safrane para organizar o trânsito. Só restava esperar.

Yacine e Robert-Jean ficaram dentro do carro. Eu me encostei contra a porta do motorista, esperando o reboque. Eu não estava preocupado. Não me sentia em perigo. Durante uns bons dez minutos, vi os veículos passando na pista da esquerda, cerca de 1,5 metro à minha frente, depois dos cones alaranjados que lhes indicavam o caminho. Em seguida, apareceu um reboque nos contornando também pela esquerda. E aí vi a traseira do veículo se aproximando do Safrane e, portanto, de mim. O motorista se precipitara. Fui pego como num sanduíche entre o reboque e o Safrane. Só tive tempo de berrar, e caí no asfalto, inconsciente por um instante.

Eu me lembro vagamente de ter sido colocado dentro de uma ambulância. Senti uma dor tão violenta, quando me ergueram sobre a padiola, que voltei a desmaiar. Cheguei acordado ao hospital de Neuilly, com a promessa de ser operado no dia seguinte. Philippe Pozzo di Borgo achou como pôde um novo auxiliar de vida. Imagino o cara sendo acolhido em seu novo batente! Seu patrão lhe pedindo para ser conduzido ao hospital a fim de fazer companhia ao seu predecessor no emprego. Para se livrar dele, Pozzo lhe pediu que fosse buscar um chocolate na cafeteria.

— E aí, o que acha do rapaz?

— Ele é... profissional.

— Não é o mestre da lambança, então...

— E você, Abdel, está se tornando o mestre dos eufemismos!

— Pois é... Quem é o melhor?

— Você, Abdel. Quando consegue ficar em pé!

O hospital que não está nem aí para a caridade... Precisava ver. O aristocrático tetraplégico e o rapazinho árabe com a bacia em frangalho, lado a lado em suas cadeiras de roda, apreciando as enfermeiras...

— Você vai ficar aqui quanto tempo, Abdel?

— Algumas semanas, pelo menos. Os médicos não têm certeza de que essa operação resolva o problema por muito tempo. Por enquanto, consegui não ter que usar a prótese, mas tem um problema de ligamentos, sei lá...

— Você continua bem-vindo em minha casa, sabe disso.

— Mas é claro, eu sou o melhor!

Nem sempre é fácil dizer obrigado...

*

* *

Alguns meses após o acidente, retomei o trabalho, ou melhor, minha associação com o Sr. Pozzo. Foi então que nos lançamos na Téléloc, depois na compra de apartamentos em leilão e, finalmente, no projeto no Marrocos. Durante esses anos todos, precisei me hospitalizar várias vezes para novas operações, sem contar as semanas de fisioterapia. Eu ainda não tinha 30 anos e me sentia jovem demais para fazer parte dos inválidos de segunda categoria, um grau abaixo do Sr. Pozzo. A Assistência Social me escreveu dizendo que eu não estava autorizado a trabalhar, porque era arriscado demais para minha saúde! Achei que estavam pegando pesado. Uma prova de que eu já havia mudado.

Mas nunca o admitiria. Continuava com minhas fanfarrices, sem pensar no que dizia.

— Acabaram-se as bobagens, Abdel. Agora você vai descobrir o que é a vida — repetia-me o Sr. Pozzo.

— É verdade, vou aproveitar ainda mais! Agora que estou todo quebrado, vão me pagar para não fazer nada. Ah, vida boa!

Ele fazia todo o possível para colocar um pouco de juízo na minha cachola. Eu me esforçava para convencê-lo de que não estava adiantando nada. Ser pago para ficar em casa já não me interessava mais: eu não parava quieto!

O Sr. Pozzo falava comigo como um pai, um conselheiro, um sábio, tentava me ensinar a ordem e a moral, valores que me eram totalmente estranhos desde sempre. Ele avançava devagar, com inteligência, para não me atormentar como fizeram os professores, os policiais, os juízes. Ele me falava com benevolência e de modo desinteressado. Queria que eu obedecesse às leis. Em parte, era para proteger a sociedade, certamente, mas, sobretudo, para me proteger dela. Ele temia que eu corresse riscos, que me expusesse de novo à justiça, à prisão, e também a minha própria violência. Sem dúvida, devo ter comentado com ele, num momento de fraqueza ou de presunção, que tinha passado um tempo em Fleury-Mérogis. Não sei se acreditou em mim ou não, mas não perguntou mais nada. Ele sabia, desde o nosso primeiro encontro, que eu não respondia às perguntas, ou que respondia qualquer coisa. Sabia que era preciso deixar eu me aproximar e que isso não aconteceria obrigatoriamente. Sabia que eu era incontrolável, mas me mantinha dentro dos limites do aceitável. Entre suas mãos imóveis, era eu a marionete, o brinquedo, o bicho, o boneco. Abdel Yamine Sellou, o primeiro G.I. Joe teleguiado da história.

– 39 –

De mim mesmo, eu digo o que quiser, quando quiser, se quiser. Uma verdade esconde uma mentira. Outra verdade é tão exagerada que acaba passando por mentira. As mentiras se acumulam e são tão grandes que a gente acaba se perguntando se não escondem uma certa verdade... Se estou mentindo ou falando a verdade, malandro é quem sabe distinguir. Mas acontece de eu ser enrolado. Os jornalistas que me entrevistaram para o documentário de Mireille Dumas não obtiveram todas as respostas a suas perguntas, mas souberam contornar o obstáculo da minha obstinação. Filmaram meus silêncios. Enquadraram meu rosto bem de perto. Captaram um olhar na direção do Sr. Pozzo. E essas imagens, sozinhas, dizem muito. Mais do que eu teria querido admitir através das palavras.

Quando aceitei a proposta de fazer este livro, fui ingênuo de achar que poderia continuar na mesma linha que adotei desde sempre: nada de câmeras, nada de microfones desta vez. Eu digo o que quiser, e me calo se quiser! Antes de me lançar na execução deste relato, não me dei conta de que estava pronto para falar. Explicar aos outros, no caso os leitores, aquilo que eu nunca explicara a mim mesmo. Deixo claro que falo de explicar, não de "justificar". Está bem evidente que me entrego de boa vontade à minha satisfação pessoal, não à compaixão. Odeio essa mania que os franceses têm de analisar tudo e tudo perdoar, até mesmo o imperdoável, sob pretexto de tratar-se de uma cultura diferente, de uma falha na educação, de uma infância infeliz. Não tive uma infância infeliz, ao contrário! Cresci como um leão na savana. Eu era o rei. O mais forte, o mais inteligente, o mais sedutor. Quando deixava a gazela beber na fonte, era porque eu não tinha mais fome. Mas, quando estava com fome, eu me lançava sobre ela. Quando eu era criança, minha violência não era mais censurada do que a de um leãozinho, pelo seu instinto de caçador. Será isso uma infância infeliz?

Foi apenas uma infância que não me preparou para me tornar adulto. Eu não percebia, e meus pais tampouco. Ninguém é culpado.

Nunca falei ao Sr. Pozzo de meu passado. Pudicamente, ele tentou fazer com que eu contasse. Eu optava pelo registro da piada, ele compreendia que eu evitava toda forma de introspecção e não insistia. Mas me dava pistas, disfarçadamente.

— Você devia voltar para ver sua família.

— Reaproxime-se daqueles que te geraram.

— Vai visitar seu país de origem.

E, ultimamente:

— Aceite essa proposta de escrever um livro. É uma oportunidade de acertar as contas com você mesmo. É interessante, você vai ver!

Ele sabia do que estava falando. Antes do acidente, ele avançava a 200 por hora, sem nunca olhar para trás. Imobilizado de um dia para outro, submetido a 18 meses de fisioterapia num centro especializado, cercado de homens e mulheres tão infelizes quanto ele — e às vezes mais jovens —, ele acertou as contas. Descobriu quem era, profundamente, e aprendeu a olhar o Outro, com uma maiúscula, como ele diz, algo que não tivera tempo de enxergar até então.

Em meus silêncios e em minhas brincadeiras, Philippe Pozzo enxergava minha recusa em desacelerar. Ele perseverava, me encorajando.

Foram necessários eventos além do meu controle para que eu fosse levado a escutar seus conselhos.

E, para começar, voltei a ver minha família e fui visitar meu país.

– 40 –

— Sou o rei dos perus. Você deve se lançar nos frangos! Ainda há lugar no mundo na criação de galináceos.

Abdel Melou me propôs um negócio da China. Estava disposto a dividir seu território comigo. Não pude aceitar. Para mim, todos os bichos de penas valiam o mesmo, e eu não me via em segundo lugar. Ou o primeiro, ou nada. Até então, eu tinha sido basicamente nada, era preciso mudar isso. Eu não conseguia me ver tomando o lugar de um amigo que me acolhia com tanta generosidade. Aliás, tinha dificuldades de me ver vivendo no Marrocos, simplesmente: continuava convencido de que, se o projeto de uma base de lazer em Saïdia não havia funcionado, era em grande parte por conta de minhas origens. Os argelinos e os marroquinos não se apreciam muito. Os primeiros criticam os segundos por se acharem os príncipes do Magreb, por causa de sua cultura e sua riqueza. Os marroquinos criticam nos argelinos a falta de coragem, a preguiça, o jeito bruto. A administração marroquina ergueu todos os obstáculos possíveis para me impedir de casar com Amal. Foi preciso fazer com que ela viesse para a França com um visto de turista para arrancá-la das garras de seu país. O Marrocos queria ficar com Amal, mas não queria saber de mim.

Logo percebi que tudo seria mais fácil na Argélia e que, pelo menos lá, eu não trairia ninguém. Abdel Moula se propôs a me dar uma formação na criação dos animais. Desde a construção das instalações até a escolha de grãos, ele me ensinou tudo. O Sr. Pozzo fez o papel de banqueiro. Um banqueiro muito especial, que nunca faz as contas. E eu parti para meu país com o objetivo de encontrar um lugar para me estabelecer.

Fazia mais de 30 anos que eu não punha os pés na Argélia. Eu me esquecera completamente de suas cores, seus perfumes e ruídos. A redescoberta deles não me comoveu. Tinha a impressão de nunca tê-los conhecido. Era mais um encontro do que um reencontro, e eu continuava indeciso.

Pragmático, eu me mantinha fiel ao meu credo: *aproveite*. Eu me dizia que, na França, tudo já havia sido feito, que as formalidades administrativas lá eram muito complicadas, que os bancos não emprestavam dinheiro (principalmente aos jovens árabes com ficha na polícia), que os encargos eram pesadíssimos, mesmo sobre as empresas principiantes... *Aproveite, Abdel, aproveite. Você sempre teve um passaporte argelino, seu país, que não o conhece, o recebe de braços abertos; o exonera dos encargos e dos impostos, das taxas de valor agregado, das tarifas alfandegárias durante 15 anos.*

Aproveite... Meu credo, que o Sr. Pozzo chama de "filosofia abdeliana". Acho que filosofia é exagero...

*
* *

Durante semanas, percorro o país, de leste a oeste, de norte a sul. Paro em todos os lugares, em cada cidade, me informo sobre as atividades existentes, o número de habitantes, o nível de vida das populações, o índice de desemprego. Exploro a zona rural, o estado das estradas que ligam os campos, as fábricas e as fazendas. Estudo a concorrência. Não entro em Argel. Não procuro a rua indicada no verso dos envelopes que eu via sobre o aquecedor na entrada de casa. Tenho um bom pretexto para evitar a capital: não é numa cidade grande que se instala uma criação de frangos! É preciso espaço para que as aves batam asas e bastante ar em volta para dissipar os odores desagradáveis. Finalmente, descubro o local ideal em Djelfa, 300 mil habitantes, a última cidade grande antes do deserto. Dou ainda alguns passos para trás, a fim de me afastar das habitações, e finco minha bandeira. Enfim... Eu tento.

Para adquirir um pedaço de terra argelina, é necessário provar primeiro que você é um filho do país. Fornecer uma certidão de nascimento: mas não tenho acesso aos registros da família de meu pai. Fornecer um endereço: eu não tenho um local de residência fixo. Fornecer uma carteira de identidade: para tirar uma é preciso ter uma certidão de nascimento... Volto à França, ainda não me dou por vencido, mas meu humor é lúgubre. O Sr. Pozzo me interroga e logo compreende a situação.

— Abdel, não há vergonha em pedir aquilo a que se tem direito a quem o pôs no mundo.

Ele está certo. Não há vergonha alguma. Nem embaraço. Nem alegria. Nem entusiasmo. Nem impaciência. Nem medo. Não há nada, sentimento algum. Diante da perspectiva de me encontrar diante de um homem que não vejo há mais de 30 anos, sinto apenas indiferença. Meu filho, Abdel Malek, sobe no meu colo. Ele ainda não sabe andar. Eu anuncio para ele:

— Vou ver o seu avô. O que você acha disso?

Amal me corrige delicadamente.

— O avô dele mora ao nosso lado. É Belkacem...

*

* *

É difícil para mim, apesar da indiferença... Em Argel, reencontrei um camarada do conjunto de Beaugrenelle visitando sua família e o encarreguei de fazer com que um de meus irmãos viesse a um café, sem lhe dizer que eu estava lá. Quando chegou à minha frente, ele logo entendeu quem eu era. Não fosse por alguns centímetros de altura e um punhado de quilos, é verdade que poderíamos ser gêmeos.

— Abdel Yamine, é você mesmo? Essa agora! Você está aqui! Mas o que está fazendo aqui? Você vem com frequência? E essa agora! Venha comigo, vamos até a casa dos nossos pais, vão ficar contentes em vê-lo.

Eu recuso. Desta vez, não. Tenho o que fazer. Talvez num outro dia.

— Não conte a eles que você me viu.

Uma semana depois, eu estava de volta. Novamente marquei um encontro com Abdel Moumène no café. Ele parecia um cara realmente simpático.

— Escuta, vamos lá em casa! Você está com medo de quê?

Medo? Medo de nada! Por pouco não enfiei a mão na cara dele.

*
* *

Eu me lembrava da casa. Tudo voltou a mim assim que entrei, minha memória realmente pegava no meu pé. Lançava na minha cara as imagens que foram impressas em mim entre meu nascimento e minha partida para a França, aos 4 anos. Mas por onde haviam andado todas essas lembranças durante os anos passados na porta do conjunto de Beaugrenelle, em Fleury-Mérogis, nos palácios do Sr. Pozzo? Onde elas estavam entocadas? Em que desvão dos miolos de Abdel Yamine Sellou, o malandro, o vigarista, o ladrão... O auxiliar?

Veio a mim a imagem de um jardim imenso. Era um pátio cimentado. Veio a silhueta de um pé de nêsperas majestoso. Era uma árvore estéril. Veio-me a sensação de imensidão. Mal cabíamos todos no salão.

Havia café sobre uma mesa. Um café fortíssimo, intragável, e nos sentamos em torno dela. Lá estavam o pai, a mãe, a filha primogênita, duas outras moças, Abdel Moumène e eu. Só faltava Abdel Ghany (ele mora agora em Paris com a mulher e os filhos, tranquilo). Nós nos observamos bastante, sem conversar muito. Apenas algumas palavras. Nenhuma censura, só constatações.

— Você não escreveu muito para nós.

Para não dizer que nunca escrevi.

— Você não telefonou muitas vezes.

Um eufemismo!

— Como vai sua mulher?

Descobri que sabiam tudo de minha vida através de Belkacem e Amina.

— Vimos você na televisão, num filme com um senhor inválido.

O senhor inválido. O Sr. Pozzo. Ele estava longe...

Eu lhes expliquei que procurava um terreno no sul do país para instalar uma granja. Disse-lhes que talvez, não era certo ainda, mas talvez eu voltasse a morar na Argélia. Não muito longe. Dei-lhes as indicações do que procurava, mas não entrei em detalhes. Eles me ouviam sem dizer nada, não davam opinião, não perguntavam nada. Enquanto eu falava, algumas questões se encadeavam na minha cabeça, eu não entendia por que não me perguntavam nada: Por que agora? Por que tão tarde? E de nós, o que você quer? O que está esperando?

Nada.

Eles deviam saber disso, por isso permaneciam-se em silêncio.

Observei as mobílias, os sofás orientais com suas almofadas de cores berrantes bem-arrumadas, olhei para Abdel Moumène e todas as irmãs que moravam com papai e mamãe, sem fazer muita coisa de seus dias. Observei aquele homem com seus olhos secos e claros, azuis como o Mediterrâneo, que eu não havia herdado. Observei aquela mulher, os cabelos pretos, tingidos de hena, sua blusa à europeia, seu ventre de onde eu saíra 35 anos antes. Fiz o inventário dos membros da família. De todos, sou o mais baixo, o mais gordo, aquele que tem os pés maiores e os dedos mais curtos. Sou o Gizmo dos Gremlins. Danny De Vito ao lado de Arnold Schwarzenegger. No conjunto Beaugrenelle, os vizinhos diziam frequentemente que eu me parecia com meu pai. Queriam se mostrar gentis, me agradar. Não sabiam de nada.

Pensei que, ao me levar para Paris, meus pais tinham me proporcionado melhores chances na vida do que eu teria em Argel, naquela casa modesta, à sombra de um pé de nêspera raquítico, cercado de um punhado de irmãos e irmãs. Naquele país em que os pássaros não são encorajados a deixar o ninho e voar mais alto. Naquele país onde eu nunca poderia ter conhecido um homem como Philippe Pozzo di Borgo.

*
* *

Consegui comprar o terreno em Djelfa e contratei oito homens que eu acreditava serem de boa vontade, mais ou menos. Juntos, montamos um gerador de eletricidade, construímos as instalações e colocamos o negócio em funcionamento. A cada três, quatro semanas, eu voltava a Paris para ver Amal e as crianças, que vão à escola na França e lá têm seus amigos e hábitos. Em Djelfa, durmo no meu escritório. Quando vou passar alguns dias em Argel, durmo no quarto de Abdel Moumène.

Sempre haverá alguém para me julgar. E que, consequentemente, me condenará sem hesitar. Serei sempre o rapazinho árabe que se aproveita da fraqueza de um homem seriamente inválido. Serei sempre um hipócrita, uma cara mal-educado que não respeita nada e ninguém, um vaidoso para o qual não bastou aparecer na televisão, que agora publica seu livro de memórias com 40 anos! Mas não dou a mínima para o que pensam de mim. Posso me olhar no espelho.

O Sr. Pozzo diz que fiquei mais sereno porque encontrei meu lugar dentro da sociedade. Não faz muito tempo, ele me acreditava capaz de matar alguém "num acesso de raiva", segundo sua expressão. Ele acrescentava que me levaria laranjas na prisão, como qualquer pai faria pelo filho encarcerado. Não o vejo como meu pai. Que ele me perdoe, mas o conceito de pai, na minha breve história, permanece ligeiramente nebuloso... Ele não é menos do que um pai, não é mais, é simplesmente ele mesmo, o Sr. Pozzo di Borgo, e me contenho para não escrever seu nome em maiúsculas do começo ao fim, incluindo a partícula.

Ele é aquele que me ensinou a ler. Não a decifrar, mas a ler. Aquele que me fez recuperar uma parte do meu atraso, em termos de educação escolar. Antes de conhecê-lo, eu me divertia dizendo que parara de estudar 6 anos antes de entrar para a faculdade. Agora, talvez falte apenas um ano para ingressar no curso superior, não sei. Ele é aquele que me ensinou a humildade, e teve um imenso trabalho com isso! Aquele que me abriu os olhos para os pequenos e os grandes burgueses, um mundo de extraterrestres com poucos habitantes respeitáveis, no fim das contas. Aquele que me ensinou a refletir antes de responder, e mesmo antes de agir. Aquele que me encorajou a tirar a máscara. Aquele que me disse *claro, Abdel, você é o melhor*, quando eu estava tão pouco convencido disso, apesar da minha pretensão. Aquele que me educou. Que me levou para um nível mais elevado. Para me transformar numa pessoa melhor. E até mesmo a me tornar um pai, capaz de prover o essencial.

*

* *

No verão passado, levei meus filhos para passear de barco pelo Sena. Nos sentamos entre os turistas, que mudaram bastante desde o tempo em que eu os depenava. Havia um bocado de chineses, superequipados em termos tecnológicos, muamba da boa que deve valer uma nota no mercado das pulgas de Montreuil. Havia também um bocado de russos, moças bonitas, sem dúvida, mas com mochilas nas costas — não fazem meu tipo —, e uns caras mais fortes que eu. Eu não me meteria com eles. Abdel Malek me fazia perguntas inteligentes, como de costume.

— Papai, que prédio é aquele? Parece uma estação de trem.

Eu me surpreendo falando como um livro.

— Antigamente, era uma estação de trem, você tem razão. Agora é um museu. Orsay, se chama. Há muitos quadros no interior. Muitos mesmo.

Eu me acho sério demais. Não me identifico com isso. Era preciso acrescentar alguma coisa.

— Sabe, Abdel Malek, antes, não existiam câmeras fotográficas, era por isso que as pessoas pintavam...

Meu filho prossegue, logo em seguida.

— E aquela ponte, por que ela está cortada ao meio?

— Ah... É Pont-Neuf! Ela se divide em duas porque liga a île de la Cité às duas margens de Paris.

— Há um conjunto habitacional na île de la Cité?* Igual ao de Beaugrenelle?

— Ahn... Não, mas tem o Palácio da Justiça! É lá que as pessoas são julgadas e onde se decide se vão mandá-las para a prisão quando fazem besteiras.

— Como você, papai!

Desta vez, foi Salaheddine que interveio. Meu clone em miniatura. Cheio de orgulho de seu pai, é claro.

---

* *Cité*, em francês, significa também um conjunto habitacional popular. (*N. do T.*)

O barco nos leva para mais longe. As crianças me falaram do mar. Expliquei a diferença entre um mar e um rio. Enfim... A história da fonte que nasce na montanha, eu não estava muito seguro sobre isso. Passando ao pé do 15º *arrondissement*, eu lhes mostrei onde morava quando era criança como eles; isso não lhes interessa nem um pouco.

— E aquela estátua ali, parece a estátua da Liberdade. Mas o que ela está fazendo? Por que está com o braço para cima?

— Por que está procurando sinal para o telefone celular...

Eles riem, mas não acreditam em mim. Eu lhes explico que papai não sabe muita coisa porque não havia prestado muita atenção ao que a professora dizia.

— Philippe deve saber! É só telefonar para ele.

— O Sr. Pozzo? É, ele deve de fato saber, o Sr. Pozzo...

Tenho dois pais, duas mães, um avatar negro como o ébano no cinema, uma mulher, dois filhos e uma filha. Sempre tive colegas, camaradas e cúmplices. O Sr. Pozzo talvez seja um amigo, simplesmente. O primeiro. O único.

Este livro foi composto na tipologia Adobe Garamond Pro,
em corpo 12/15,3 e impresso em papel off-white
no Sistema Cameron da Divisão Gráfica
da Distribuidora Record.